KB084419

표적은 노예상 크로노스. 그를── 토벌하겠어

최강노예상의 낙인마법과 미소녀 함락 2

Saikyo doreisho no rakuinmajutsu to bishojooochi

STIGMA MAGIC OF
THE SLAVE TRADER &
DEGENERATE
BEAUTIFUL GIRL

에리

플래터 트리아나
용국 트리아나의 공주. 여신 성구
《용창(勇槍)》을 휘두르며 무력은 최강.
크로노스의 나라로 쳐들어 오지만,
당연히 끝내는……

여신 장비도
완비된 낙원!

코스프레

아테나

밀리건 이클립스

장신 거유에 걸맞지 않게
부끄럼쟁이에 쭈뼛쭈뼛하는
여자아이유약한 성격 탓에
부탁받은 일은 거절하지
못한다.

노노

전직 암살자인 쿨한
미소녀, 크로노스를
위해서는 어떤 일이든
망설임 없이 행동으로
옮겨준다?!

노예왕국 크로노스

루아
산프레아

원래는 평민이었던 노예로,
메이드로 일하고 있다. 비교적
상식인이지만 자각 없는 엄청난
M인 성격이 화를 불러, 항상
크로노스에게 희롱당한다.

리아라
아인스바하페르노트 아리에스

신국 아리에스의 공주였지만
크로노스의 노예로 전락하여
야한 조교 일직선
이번에는 무엇으로 물들려나

본문, 컬러일러스트   kakao

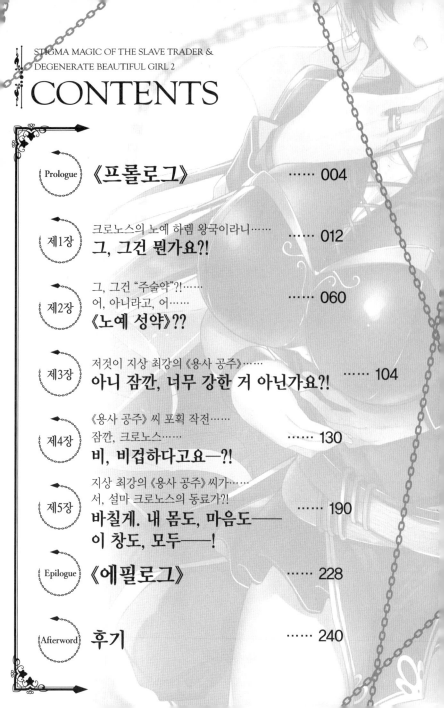

STIGMA MAGIC OF THE SLAVE TRADER &
DEGENERATE BEAUTIFUL GIRL 2

CONTENTS

《프롤로그》

Prologue

각국의 중앙부에 위치한 《신국 아리에스》, 그곳에서 길을 출발한 크로노스 일행이 향한 곳은 남동쪽에 있는 '본거지'였다.

노노가 고삐를 잡은 마차 안, 느긋하게 누운 크로노스에게 아테나가 이야기를 건넸다.

"우후, 에헤헤…… 크로노스 님, 저희 집…… 오랜만이네요…… ♪"

"으음, 《신국》에는 꽤 오랫동안 잠복하고 있었네. 아테나, 기대돼?"

"예…… ♪ 저랑 노노한테…… 고향 같은 곳이니까요 ♪"

"음음, 아테나가 즐거워 보이니 나도 기쁘네. 하지만, 손이 멈췄다고?"

"앗…… 그러네요. 에헤헤…… 깨끗이, 깨끗이, 해줄게요…… ♪"

참고로 누워 있는 크로노스의 머리는, 절찬 아테나의 허벅지 위에 얹혀 있었다.

흔들리는 마차 안에서도 절대 귀에 상처를 입히지 않는 훌륭한 수완. 그리고 극상의 매끄러움과 부드러움을 겸비한 지고의 무릎베개. 크로노스는 이미 꿈을 꾸는 기분이었다.

하지만 마찬가지로 마차 안에 앉아 있는 리아라는 아무래도 진정이 되지 않는 모양.

《신국》에서 크로노스가 준 노출도 높은 메이드 옷을 입고 있기 때문일까. 아니, 이러니저러니 해도 리아라는 이 옷을 마음에 들어 하니까 그렇지는 않으리라.

그렇다, 리아라의 긴장은 명백하게—— 공포가 원인이었다.

'이 몸의 귀여운 노예'가 겁을 먹고 있다니, 내버려 둘 수 없지.

표정을 단단히 다잡은 크로노스는 (여전히 무릎베개 위에서) 리아라에게 이야기를 건넸다.

"리아라, 왜 그래? 평소의 귀여운 얼굴에 불안이 깃들어서, 그건 그것대로 에로스가 느껴진다고? 설마 유혹하는 건가?"

"아뇨, 전혀 유혹 안 하는데요. ……그게 아니라, 부, 불안해지는 건 당연해요. 크로노스는 지금 우리가 어디로 가고 있는지, 정말로 알고 있는 건가요?"

"! 흠. 그렇군. 그런 건가."

리아라가 꺼낸 말의 의미를 이해한 크로노스는 그녀의 불안도 지당하다며 고개를 끄덕였다.

크로노스의 '본거지'는—— 들으면 모두가 두려워할 만큼 특수한 곳에 존재했다.

그곳은 《공주님》이 통치하는 '일곱 나라' 중 어디에도 속하지 않은 지역.

흘러드는 것은 나라에서 쫓겨난 약자나 유랑민, 혹은 대죄인이나 도적 같이 과거가 있는 자들뿐.

치외법권이며 무법지대인 부정한 땅에는 죽음과 질병이 만연했다.

여신의 가호에서 방치된 대지에, 당연히 작물 따윈 결실을 맺지 않기에.

들어선다면 확실하게 목숨은 없는, 신의 자비도 존재하지 않는 '지상에 있는 지옥'.

평범한 사람이라면 이미 누구 하나 접근하지도 않는다.

두려움과 멸시, 혐오의 감정을 담아서 사람들은 그 땅을 이렇게 부른다.

──《여신마저 포기한 땅》──

가장 청렴한 《신국 아리에스》의, 그것도 《공주님》이었던 리아라. 《신국》과는 상극이라고도 할 수 있는 부정한 땅에 품은 두려움은 무척 크고 깊을 터.

이곳에 이르기까지의 여정도 황폐한 험로 그 자체. 보이는 것은 무너진 흙벽이나 아무도 살지 않는 명색뿐인 폐허로, 바라보면 마음이 설렐 법한 풍경은 아니었으리라.

"하, 하으으…… 어쩐지 분위기도 무섭고, 태양은 떠 있을 텐데도 무척 어스름하고…… 점점 안쪽으로 가면서 터무니없는 곳으로 나아가는 것 같아요…… 으읏."

리아라가 떨면서 말했듯이, 이 장소를 잘 아는 크로노스 일행이 아니라면 길을 잃어도 이상하지 않은 복잡한 지형이었다. 뭐, 애당초 발길을 들이고자 생각하지도 않을 테지만.

그러는 사이, 아무런 망설임도 없이 마차를 몰던 노노의 목소리가 울렸다.

"응. 크로…… 도착, 했어. '본거지'──크로와 노노의, 사랑의

둥지."

"오, 수고했어, 노노. 쾌적했어, 역시 내 귀여운 노예야, 후하하—."

"으흠. 좀 더 칭찬, 칭찬해♪ 으흐흥—."

은근슬쩍 '본거지=사랑의 둥지'가 되었다는 사실은 그냥 농담으로 넘기고, 노노의 머리를 쓰다듬어주자 기쁜 듯 눈을 가늘게 떴다.

그리고 크로노스는 '이 몸의 귀여운 노예'들과 함께 땅으로 내려섰다.

마침내 도착한 목적지──《신국》의 성벽도 비교가 안 될 만큼 높이 우뚝 솟은 벽은, 모든 죄악을 가두는 것처럼 아득히 먼 옛날부터 계속 존재했다.

그 입구의 견고한 문에는 관을 쓴 악마의 왕을 본뜬 부조가 '과연', 그런 분위기로 꺼림칙하게 장식되어 있었다.

이 장엄함이 공포심을 부채질했는지 크로노스의 등에 찰싹 달라붙어서 떨어지지 않던 리아라가 마침내 눈물을 글썽이며 소맷자락을 붙잡았다. 귀엽다. (귀엽다)

크로노스는 겁먹은 《공주 노예》를 염려하여 훗, 힘차게 웃었다.

"안심해, 리아라. 이 앞에 설령 무엇이 있을지라도, 어떤 무시무시한 일이 벌어지더라도 내가 널 지켜줄게. 날 믿어── 리아라."

"! 크, 크로노스…… 예!"

바라보기를 몇 초, 햇살 같은 미소로 답한 리아라가 힘차게 고개를 끄덕였다.

각오는 된 모양이다――그렇다면 다음은, 그저 나아갈 뿐.

노노가 무언가 신호를 보내자, 겉모습 그대로 묵직한 문이 땅을 깎아내며 열렸다.

마침내 활짝 열린, 《여신마저 포기한 땅》으로 야유당하는, 꺼림칙한 부정의 땅.

그곳에 펼쳐져 있던 것은, 그렇다, 그야말로――그야말로, 신마저도 두렵지 않은 광경――!

"――웃훙♪ 노예상 크로노스 님의 '노예 하렘♡'에, 어서 와―♡"

"꺄―앗! 크로노스 두목, 잘 다녀오셨나요―♡"

――마중을 나와 준 것은, 노출도 높은 무희 같은 복장을 걸친 미녀의 무리.

요염한 느낌의 대환영에, 크로노스 뒤에서 떨던 리아라는.

"…………어?"

떡하니 입을 벌리고, 멍하니 무방비한 상태에 빠졌다.

그녀를 지키겠다, 그렇게 약속한 크로노스는 과감하게도 전방으로 뛰어나와서――!

"오오, 너희의 주인님께서 돌아오셨다! 얌전히 잘 지냈느냐? 나쁜 짓을 했다면, 벌로 조교할 거라고?!"

"꺄아, 조교당하고 싶어―♡"

"저질러버릴까~, 나·쁜·짓♪ 앗, 저기에 어쩐지 멍하니 순진해 보이는 아이가 있어~. 어떻게, 할, 까~?"

어쩌 역효과였던 것 같기는 하지만, 그녀들도 크로노스의 노예인 만큼 농담 정도는 판별할 수 있다.

그래서, 문 앞에 펼쳐져 있던 것은 '일곱 나라'의 어디보다도 휘황찬란한 거리와, 부정과 무법과는 동떨어진 온화한 풍경. 길을 가는 여자들은 모두들 행복하게 웃고 있었다.

이곳은 마음이 있는 자라면 누구 하나도 다가오지 않는,《여신마저 포기한 땅》── 그렇게 인지되고 있는 것은 틀림없고, 과거에는 분명히 그 말 그대로였다.

하지만 지금은 크로노스의 손길로 완전히 다시 태어났다.

"으흐흐. 놀랐나? 여기가《여신마저 포기한 땅》이자 이 몸과 귀여운 노예들의 본거지야. 이름하야──!"

"어. ……어?"

계속 멍한 리아라에게, 크로노스는 새로이 이 땅의 '진정한 이름'을 드높이 외쳤다──!

"《노예 왕국 크로노스》에──어서 와, 《공주 노예》 리아라여──!"

아테나와 노노를 거느리고 화려한 거리를 배경으로, 짜자──안, 팔을 펼치는 크로노스.

한편 리아라는 입을 떡하니 벌린 그대로.

"………………."

눈을 동그랗게 뜬 채로 침묵하여 크로노스를 빤히 바라봤다.
잠시 후, 정신줄을 놓고 있던 그녀가 간신히 꺼낸 한마디는.

"엣."

아무래도 아직도 곤혹에서 벗어나지 못한 모양이었다.

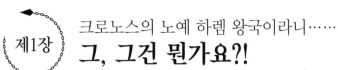

크로노스의 노예 하렘 왕국이라니……
그, 그건 뭔가요?!

제1장

《노예 왕국 크로노스》── 크로노스의 본거지인 이곳에 발길을 들인 직후, 아테나와 노노는 이것저것 용건과 업무가 있었기에 지금은 일시적으로 헤어졌다.

참고로 처음부터 따로 행동했던 루아는 사전에 본거지로 돌아와서 귀환 수속을 갖춰놓고 있었다. 《신국》에서도 그랬지만 루아는 정말로 세심한 소녀였다.

그러니까 지금 현재, 리아라와 단둘이서 한낮의 떠들썩한 거리를 걷고 있는데── 어째선지 그녀는 화가 난 모양이라.

"정말, 정말정말정말……! 크로노스는, 짓궂어요! 전혀 위험하지 않다고 가르쳐줘도 됐을 텐데! 지켜주겠다는 둥 거짓말을 하면서까지, 저한테 겁을 주면서 즐거워한 거군요! 정말─!"

아무래도 불만이 가득한 모양, 하지만 크로노스에게도 조금은 반론이 있었다.

"음. 이봐, 리아라. 그건 아니야. 무서워하는 네가 귀여워서 그만 아무것도 안 가르쳐주고 문을 열었다는 사실에 대해서는 변명의 여지도 없지만."

"정말로 그 말 그대로군요?! 이, 이 귀축, 노예상─!"

"노예상이고말고. 하지만 말이지, 리아라── 잘 들어."

"으으~…… 으? ……꺅?! 크, 크로노스……?"

불러 세운 리아라의 턱 끝을 손으로 가볍게 꾹 들고 똑바로 마주 봤다.

당황하여 얼굴을 새빨갛게 물들인 그녀에게, 크로노스는 진지한 음색으로 단언했다.

"널 지켜주겠다, 그렇게 말한 것에 거짓이라고는 없어.《신국》에 있을 때도 몇 번이나 말했잖아——날 믿어, 리아라."

"! 아, 아…… 크로노스…… 웃♡"

아주 잠깐 리아라의 눈빛이 멍하니 녹아드는 것을 크로노스는 놓치지 않았다.

이대로 더욱 몰아붙이는 데에 거리낌은 없었지만, 안타깝게도 리아라는 부끄러운 듯 이야기를 돌리려고 했다.

"하, 하지만! 그게, 놀랐어요.《여신마저 포기한 땅》으로 알려진 이곳이…… 이렇게나 변화하다니. 이야기가 잘못되었던 걸까요?"

화제를 돌리려고 꺼낸 이야기지만 신경이 쓰이는 것도 사실인지, 거리를 흥미진진하게 바라보고 있었다.

아니,《신국의 공주님》인 리아라의 흥미를 끄는 것도 당연한 일일지 모른다.《신국 아리에스》는 확실히 우아하지만 청렴을 숭상하는 만큼 어쩐지 수수하다는 것은 부정할 수 없었다.

그에 비하면 원래는 부정한 땅이었다고는 여겨지지 않을 만큼 변화하여, 현란하고 화려한 거리. 하지만《여신마저 포기한 땅》이 어째서 이렇게나 발전했는가.

그런 리아라의 의문에 답하고자 크로노스는 진지하게 사실을 이야기하기로 했다.

"아니, 딱히 잘못된 이야기는 아냐. 실제로 몇 년 전까지는 차마 눈 뜨고 볼 수 없을 만큼 황폐했으니까. 그런 곳이 지금 같이 바뀐 건, 5년 전에 내가 《노예상》이 된 이후야."

"그, 그런가요? 《노예 왕국 크로노스》……라니 터무니없는 이름이지만, 그러니까 크로노스의 수완에 따라 만들어졌다는 거군요. '노예 하렘 왕국'이라고 그러는 만큼, 보이는 건 여성뿐이고요."

그도 당연한 의문이지만 딱히 감출 이야기도 아니니, 크로노스는 남자 노예가 없는 이유에 대해서 간결하게 설명해주기로 했다.

"음. 그보다도 나는 원칙적으로 남자 노예 따윈 수중에 두지 않겠다고 정했으니까. 『여자아이는 행복한 노예로 만들어주고자 이 몸의 수중에』, 『빌어먹을 남자 노예는 냉큼 팔아치우고』. 팔아치운다는 건, 다시 말해서 소유권을 구매자에게 완전히 양도한다는 거야."

"그렇, 군요. ……그 이유는 반란의 가능성도 고려하여, 인가요?"

"오, 역시 《공주님》. 얼마 전에 수라장을 빠져나온 만큼 날카롭네. 뭐, 여하튼 《여신마저 포기한 땅》이니까 말이야. 흘러드는 남자는 대부분 쓰레기 같은 악인들뿐이니, 엉덩이를 걷어차서 팔아치우는 게 제일이야. 뭐, 그렇지 않더라도 나는 날 제외한 남자 따윈 털끝만큼도 신용하지 않는다지만."

게다가, 그러면서 보충하고자 크로노스는 말을 이었다.

"여자아이의 반란이라고 해도 피오나 같은 케이스는 드물어서,

15

그녀 나름대로 생각을 하고서 벌인 일이었지. 무엇보다 꺼림칙한 생각을 하더라도—— 그야말로 피오나처럼 '조교'해줄 거고! 조교의 효과는 리아라도 자~알 알고 있잖아? 후하하—!"

"이런 거리에서 남 듣기 뒤숭숭한 소리 하지 말라고요—?! ……하, 하지만 실제로 여성만으로 육체노동은 힘들 것 같은데…… 대체 어떻게 이렇게나 발전을?"

"으응? 이봐, 리아라. 날 누구라고 생각하는 거야. 나만이 가능한 방법이 있잖아? 그래—— 이 녀석을 썼거든."

"이, 이 녀석? 아니…… 꺄, 꺄악?!"

그리 말하여 크로노스가 천천히 꺼낸 것은—— 딜도.

노예의 기본 장비이니 이제는 익숙할 텐데(편견).

하지만 아직도 순진한 반응을 보여주는 리아라가, 얼굴을 새빨갛게 물들이며 그를 나무랐다.

"아, 안 돼요, 크로노스! 이런 거리에서, 대체 무슨 물건을 꺼내는 건가요, 정말! 게, 게다가, 으…… 딜도는, 거리의 발전과는 관계없잖아요—?!"

"아니아니, 관계있다고. 뭐, 딜도보다도 《노예 성구》지만. 게다가 부끄러워하는 건 리아라뿐이라고. 자, 한 번 봐——그러네, 저기 밭이 좋겠어."

"바, 밭인가요? 으음, '결실 없는 땅'으로는 여겨지지 않을 만큼 훌륭하네요. 하지만, 그게 어쨌다고…… 풉?!"

크로노스가 가리킨 곳에는, 한창 건강미 넘치게 밭일을 하는 여성들의 모습이. 하지만 리아라도 깨달았으리라, 그녀들이 괭이

끝에 달고서 휘두르는 것은── 그래요, 딜도입니다.

　무심코 뿜어버린 리아라가 부들부들 떨며 크로노스에게 따지
고 들었다.

　"뭣뭣뭐, 뭘 하는…… 아니, 뭘 시키는 건가요?! 평범하게 괭이
로 경작하면 되는 거 아닌가요?! 여성들이 땅에 딜도를 맹렬히 박
고 있는, 터무니없는 그림이 되어버렸다고요?!"

　"언어화하니까 더더욱 지독하게 들리는데. 하지만 의미도 없이
저러는 건 아니야. 《노예 성구》인 딜도의 진동력이라면 단단한
지반을 다지고 암반을 부수는 것도 간단해. 그러니까 저렇게, 여
성의 가느다란 팔로도 거친 대지를 쉽게 경작하고 있잖아?"

　"앗. 그, 그렇군요…… 아니, 하지만 말이죠, 그게, 기분의 문
제라고 할까."

　"사용하는 건 딜도만이 아니라고. 이전에도 썼던 로션, 기억
해? 세세한 부분은 나도 잘 모르겠지만, 그걸 희석해서 비료 대
신에 뿌리면 결실 없는 대지의 성질이 바뀌어 작물이 열매를 맺
게 되거든. 화이트 슬라임한테서 추출한 미용 성분, 이라는 게 특
색인 것 같은데. 분명히 약산성, 이라는 부분이 딱 맞는다던가."

　"미용 성분 굉장해. ……그, 그게 아니라. 저기, 조금은 제 이
야기를 말이죠."

　청렴한 《공주님》이라고는 해도 미용 이야기로 살짝 들뜨고 마
는 것이 귀여운 여자아이였다.

　자, 그런 리아라의 놀란 표정을 보는 것도 남자의 숙원, 그러면
서 크로노스는 설명을 강행했다.

"정중하게 대하는 만큼 상응하여 응해준다. 대지 역시도 귀여운 여자애랑 똑같아. 대지를 거대한 여체로 보고 충분히 '조교'한다. 그래, 이것이야말로——!"

"잠깐, 잠깐만요, 크로노스, 잠깐만. 똑같다고요, 《노예 왕국 크로노스》 같은 소리를 들었을 때랑 똑같이, 불안한 흐름! 저, 적어도 마음의 준비를 말이죠?!"

리아라는 제지하고 나섰지만 크로노스는 잔뜩 신난 기분 그대로, 자신의 자랑인 시스템을 득의양양한 표정으로 공언했다——!

"《노예 왕국 크로노스》의 식량 농사를 지탱하는——'성구 농업'! 이 몸의 귀여운 노예들이 매일 배불리 먹을 수 있는, 어떤 의미로는 행복한 가족계획이야——!"

"역시 제대로 된 이야기가 아니잖아요—?! 적어도 이름을······ 조금만 더—?!"

아무래도 리아라는 스트레이트란 명칭이 마음에 안 드나보다. 알기 쉽다고 생각하는데 말이지, 그러면서 크로노스가 어느 가게 앞에 진열된 채소에 붙은 간판을 가리켰다.

"말은 그래도 말이지, 사실 이 방법이 가장 좋거든. 대지를 여체로 본다고 했지만, 역시나 여성진들이라서 말이야. 저기 간판에도 있다시피, 훌륭한 프로페셔널 장신으로 최고의 농작물을 길러준다고."

『노예들이 음란한 기분으로 길렀어요♡』

"그런 기분으로 기른 채소, 먹기 힘든데요—?!"

뭐, 그러는 리아라의 주장도 조금은 이해할 수 있었다.

게다가, 크로노스는 그렇게 설명을 하나 덧붙이기로 했다.

"그렇지만 문제점이 없는 것도 아냐. 리아라랑 루아, 아테나랑 노노 등등과는 달리, '문장'이 없는 노예는《노예 성구》의 힘을 10분의 1 정도도 못 끌어내니까. 뭐, 그래도 '성구 농업'에 사용하는 정도라면 충분하지만."

"어…… 이 '문장', 말인가요? 이건 그렇게나 특별한 건가요?"

자기 가슴께의 '문장'에 손을 대고 고개를 갸웃거리는 모습은 살짝 요염했다.

크로노스가『그 가슴, 지금 당장 주물러대고 싶네』라며 아주 살짝 음란한 생각을 하는 사이, 갑자기 거리의 공방에서 누군가 큰 목소리로 그에게 말을 건넸다.

"이봐—! 크로노스 두목, 돌아왔나! 또~ 귀여운 애를 데려오고, 힘 팍팍 쓰시네, 다양한 의미로!"

"오—? 음음, 돌아왔다고—. 목수네야말로 항상 기운이 넘치네."

크로노스가 목수네라고 부른 인물은 여성이면서도 살짝 근육질로, 볕에 탄 피부가 활발한 인상을 강하게 주는 호쾌한 여성이었다.

그녀의 호쾌함에 리아라는 당황한 모양이지만 그녀답게 정중히 인사했다.

"처, 처음 뵈어요. 저, 리아라라고 해요. 목수, 라는 건…… 무언가 만드는 장인이시군요. 저기, 잘 부탁드립니——."

"앗하하, 나 같은 것한테 그렇게 정중하게 굴 것 없어! 예의 바른 아이구나, 아테나 님이랑 같은 타입이네. 좋——아, 이렇게 알게 되었으니 막 완성한 녀석을 줄게!"

"예, 옛? 아, 아뇨 세상에, 죄송해요! 그런 걸, 받을 수는 없어요——앗."

목수의 기세에 허둥지둥하며 리아라는 사양하려고 했지만—— 침묵하고 말았다. 건넨 '막 완성된' 물건, 그것은.

"자, 딜도."

"아뇨 세상에, 죄송해요. 그런 걸 받을 수는 없어요. 못 받아요, 못 받아요."

사양의 말 자체는 거의 같은데도 강철 같은 의지가 느껴지는 것은 기분 탓일까.

그건 그렇고, 받아들이지 않겠다는 뜻을 나타낸 리아라가 이번에는 분노한 표정을 드러냈다.

"정말, 정말…… 크로노스?! 하필이면 여성한데, 대체 뭘 만들도록 시키는 건가요?! 아무리 그래도, 너무 무례하다고요?!"

그런 소리를 해도 말이지, 그러면서 크로노스는 곤혹스러운 표정을 띠면서도 리아라의 질책을 기꺼이 받아들였다. 솔직히 그다지 위압감도 없으니 반대로 포상일 뿐이었다.

오히려 여기서 반론한 것은 그녀가 감싸려고 하던 목수였다.

"앗핫핫, 크로노스 두목 말고 다른 사람한테 여자 취급을 받다니, 신선하네. 하지만 말이야, 걱정할 필요 없어. 어쨌든 나는──좋아서 만드는 거니까! 그래! 우두머리의 그걸 본뜬 이 딜도를, 푸흡, 좋아서 만드는 거야! 푸하핫!"

"뭘 웃는 건가요?! 이제 정말, 저도 화낸다고요?!"

"정신없이 철야하는 경우도 있으니까 말이지. 유사 O추 장인의 밤은 늦어, 인가. 앗핫핫."

"시시시시끄럽다고요?! 그러니까, 여성이! 고, 고고…… 그, 그런 걸 큰 소리로, 말하지 말고! 떽! 이에요!"

드물게도 말투가 거칠어질 만큼 흥분한 리아라가 나무라기 위해 따지고 들었다.

하지만 그때 목수는 무언가 깨달았는지 헉, 안색을 바꾸었다.

"어…… 앗?! 너, 그 가슴…… '문장'이 있어?! 그럼 리아라는…… 아니, 리아라 님은, 설마?! 죄, 죄송합니다, 저 같은 게 잘난 척 떠들어서!"

"예? 님, 이라니…… 앗, 그러고 보니 아까 아테나 씨도……."

갑작스러운 정중한 태도에 이것은 이것대로 리아라는 곤란한 듯했다.

《공주님》으로 숭상받는 것은 익숙할 텐데, 이런 부분이 리아라는 고귀한 것이었다. 음음, 크로노스가 멋대로 감탄한 사이에, 목수가 리아라에게 설명해주었다.

"옙! 제가 아는 한으로도 노노 님, 아테나 님, 루아 님…… '문장'이 있는 분은, 크로노스 두목의 노예 중에서도 특별하다는 건 이곳의 상식임! 저희 입장에서는 '상위'의 노예, 라는 느낌임다!"

'상위'──그야말로 《신국》에서도 리아라는 최상위의 존재였지만 겸손한 그녀인 만큼 목수의 말을 그 자리에서 부정하려고 했다. ……하지만.

"세상에…… 전 그런 생각 따윈, 없어요. 저는──."

"뭐, 어쨌든 '문장'이 있는 아이는…… 특별한 '조교'를 받고 있죠~? 이 딜도든 다양한 《노예 성구》든 잔뜩 시험해보고 있으니까…… 아니, 정말로 존경함다. 이야, '상위'의 변태! 청순하게 보이지만 엄청 음란한 거군요!"

"세상에! 저는 그런 생각 따윈! 없·다·고·요오오!!"

같은 말인데도, 역시나 후자에서는 상당히 강한 의지가 느껴지는 것이었다.

리아라는 울분을 풀 길이 없는 모양이지만, 목수는 분위기 그대로의 호쾌함으로 그냥 넘기고 이번에는 크로노스에게 말을 건넸다.

"이런, 미안해 두목! 공방에 들렀다는 건, '평소의 그거'겠지? 이번 것도 잘 만들었으니까 말이지, 헤헷, 아테나 님이랑 다른 분들한테도 잘 부탁해!"

"오, 그것 잘됐네. 항상 큰 도움을 받고 있어. 고맙네, 목수. 후하하──."

크로노스가 감사의 인사를 하자 목수는 쾌활한 웃음으로 답하고, '평소의 그것'이 채워진 손잡이 달린 마대를 건넸다.

그대로 가볍게 손을 흔든 목수는 공방 안으로 돌아갔──지만, 문을 열었을 때에 생산되는 도구가 흘끗 보였는지 리아라가 말을 흘렸다.

"어…… 꺅?! 저거, 《신국》에서는 사용하지 않았지만, 분명히 로터, 라고 하는……. 새, 색상 같은 건, 다양……하, 네요. 하, 하와……."

붉은 뺨에 양손을 대고 멍해져 버린 리아라에게 크로노스는 이야기를 건네봤다.

"왜 그래, 리아라. 뭔가를 꽤나 신경 쓰는 모양이네. 혹시 뭔가 흥미가 있다면, 가르쳐줄 수도 있다고?"

"어. ……예, 옛?! 아, 아뇨, 아뇨! 전—혀, 신경 안 써요! 크로노스의 기분 탓이니까요. 개개개, 개의치 말아요!"

"흠, 그런가. 기분 탓이라면, 뭐 상관없나."

"후우……."

일단은 안심, 그렇게 한숨을 내쉬는 리아라에게 크로노스는 다시금 말을 던졌다.

"그럼 차차, 로터를 시작으로 다양한 《노예 성구》로 리아라를 다정~하게 '조교'해줄게—. 이건 내가 솔선해서 하고 싶은 것뿐이니까, 개의치 말고. 후하하하."

"아— 정말—! 정말이지이! 전부 알면서, 놀리는 거죠—?! 크로노스, 심술쟁이 노예상—!"

"심술쟁이가 아닌 노예상, 엄청 한정되는 것 같은데 말이지. 하지만 그저 놀리는 것만도 아니라고. '조교'는 진짜야. 반드시 할 거야. 잔뜩 할 거야."

"……그건 오히려 농담이었으면 좋겠는데요~…… 으으, 이제 됐어요. 그보다도, 말이죠."

리아라는 머리를 감싸 쥘 기세였지만, 이런 기복에도 조금은 익숙해졌는지 금세 마음을 다잡은 듯했다.

이제는 그저 세상 물정 모르는 《공주님》이 아닌, 그런 리아라가 솔직하게 물었다.

"목수분은 '평소의 그것'이라고 그랬는데…… 대체 뭔가요? 이야기를 흐름을 보면 아테나 씨나 다른 사람들이랑 관계가 있는 것 같은데……?"

"오, 역시 날카롭네. 흠, 실은 아테나랑 노노는 이곳 '본거지' 안에서 자기 취향의 가게를 운영하고 있거든. 거기서 사용하는 물건을 전달해주는 거야."

"……예?! 취향의 가게라니…… 아테나 씨랑 노노 씨가 직접, 말인가요?!"

어지간히도 의외였는지 리아라는 놀라움을 감추지 못했지만, 그녀의 눈은 환하게 빛났다.

"꺄아, 꺄아…… 그건, 어쩐지 굉장해요! 어떤 가게인가요? 와아…… 보러 가고 싶어요!"

"오오? 어쩐지 무척 들떴네. 그렇게나 신경 쓰여?"

"당연하죠. 저, 여러분에 대해서 더욱 잘 알고, 사이좋게 지내고 싶어요…… 취향의 가게라니, 흥미진진해요! 자자, 빨리 가죠, 크로노스 ♪"

"오─. 뭐, 리아라가 즐겁다면 다행이야. 귀엽단 말이지. 왓핫핫."

흥분한 기색인 리아라의 재촉에 크로노스는 경쾌하게 웃으며, 우선은 아테나가 있는 가게로 향하는 것이었다.

■ ■ ■

도저히 《여신마저 포기한 땅》으로는 여겨지지 않는 화려한 거리에 여전히 신선한 놀라움을 느끼는 리아라를 데리고 걷기를 십여 분.

활기 있는 거리를 지나 한산한 지역. 그곳에 아담한 건물 하나가 있었다.

이곳이 아테나가 취향에 맞추어 운영한다는 가게였다. 무슨 가게인지는—— 밖에 서 있는 시점에서 이미 감도는, 식욕을 돋우는 향기로 쉽게 상상할 수 있었다.

리아라도 해답이 나왔을 테지, 신이 난 목소리 그대로 추측했다.

"아, 혹시…… 아테나 씨의 가게는 식당인가요? 그렇군요?"

"오, 훌륭한 해답이야, 리아라. 그 말이 맞아."

"역시. 요리, 좋아하는군요…… 빨리 들어가죠, 크로노스♪"

잔뜩 신이 난 리아라의 재촉에 크로노스는 문을 밀어 응했다.

딸랑, 딸랑. 손님의 방문을 알리는 종소리가 울리고, 그와 동시에.

"아…… 크로노스 님, 기다렸어요…… ♪ 리아라 양도 어서 와…… ♪"

희색을 드리운 미성은 아름답지만, 요염함을 더욱 끌어내는 것은 아테나의 복장.

한마디로 말하면, 지금의 아테나는 메이드—— 메이드였다. 리아라에 버금가는 프릴 달린 미니스커트를 휘날리며, 장신 특유의 아름다운 긴 다리를 아낌없이 선보이고 있었다.

그런 아테나의 모습을 보고 같은 메이드 복장인 리아라가 달려갔다.

"와아, 아테나 씨, 잘 어울려요. 엄청 귀여워요!"

"꺅…… 리아라 양, 후후, 고마워…… ♪ 리아라 몫도 요리, 만들고 있으니까…… 잔뜩 먹어줘, 알겠지……?"

"정말인가요? 기대돼요. 감사합니다, 아테나 씨 ♪"

'이 몸의 귀여운 노예, 메이드 Ver'이, 둘이 나란히 꺄꺄 재롱을 부리고 있다. 이 광경에 주인 크로노스, 대만족. 대만족이었다.

하지만 만족하는 것은 눈만이 아니었다. 메이드 옷의 아테나가 사전에 준비한 요리를 솜씨 좋게 나르기 시작했다.

그 호화롭고 감미로운 향기는 《공주님》인 리아라마저 무심코 감탄할 정도였다.

"꺄…… 괴, 굉장해. 굉장히 맛있어 보여요, 크로노스!"

"오—, 그렇지? 아테나는 요리를 좋아하고, 남을 돌보는 걸 좋아하는 성격이기도 해서 그런지 실력이 부쩍부쩍 늘고 있으니까. 지금은 어엿한 요리의 달인이야, 후하하."

주인으로서 자랑스러운지 크로노스가 저도 모르게 가슴을 펴는데, 아테나도 말을 건넸다.

"《신국》에서는 바빠서…… 요리할 틈이 없었으니까…… 오늘은 그만큼 잔뜩…… 만들어버렸어요…… ♪"

이렇게 가게까지 갖추었을 정도이니 요리 자체가 좋은 것이리라, 정말로 기뻐 보였다.

실제로 테이블에 놓인 요리는 모두 한눈에도 일품임을 알 수 있었다. 산양 향초 구이는 무척 향기롭고, 스프 하나를 먹어도 섬세하게 맛을 내었을 터. 소시지 같은 경우에는 아테나가 직접 재료를 조절한 수제라는 사실을 크로노스는 알고 있었다.

리아라도 배려했을 테지, 깔끔하게 자른 과일을 접시에 수북이 담아놓았……지만, 아주 조금, 아주 조금만 리아라는.

"아, 맛있어……보여. …………."

"응? 리아라, 왜 그래? 무슨 신경 쓰이는 거라도?"

"……어, 아, 아뇨, 아무것도 아니에요. 과, 과일도 정말 맛있어 보여요."

얼버무리기는 하지만 리아라는 명백하게 무언가를 신경 쓰고 있었다.

그렇지만 그녀에게도 이런저런 사정이 있을 것이다. 그것을 굳이 파고들 만큼 멋없지 않은 크로노스는 훗, 미소 짓고는 한마디만 속삭이기로 했다.

『노예들이 음란한 기분으로 길렀어요♡』

"그걸 생각하지 않으려고 했는데, 어째서 말해버리는 건가요?! 정말──!"

"후하하, 역시 그랬나. 그래서, 어떻게 할래? 기껏 아테나가 만들어준 건데, 그냥 안 먹고 갈래?"

"으, 머, 먹을게요, 기꺼이! 우, 우물……. 으, 으웃…… 맛있잖아요, 정말이지—!"

어쩐지 이상한 감탄사였지만, 리아라도 사춘기니까 말이지, 그런 식으로 크로노스는 가볍게 패스.

자, 그렇게 이상한 식사법으로 부지런히 먹던 리아라가 또다시 무언가를 신경 쓰기 시작했다.

"으으, 정말로 맛있지만요…… 어머? 그러고 보니 다른 손님이 안 계시네요? 이렇게나 맛있는데, 어째서……?"

아테나의 요리는 참으로 일품이었다. 리아라가 말하듯이 당연히 크게 번성해야 할 터였다.

리아라의 의문에 아테나는 이 가게가 품은 괴로운 문제점을 어두운 표정으로 이야기했다.

"세상에…… 다른 사람에게 요리를 드리다니, 너무…… 부끄러워서 못 드려요……."

"어째서 가게를 열었는데요?"

리아라의 거듭된 의문은 참으로 정론이었다.

하지만 고지식하게 입에 담은 아테나의 답변은, 크로노스에게는 참을 수 없이 귀여운 이야기였다.

"그게, 소꿉장난 같아서 부끄럽, 지만…… 다른 사람한테는 무리라도…… 크로노스 님께는 요리, 만들어서…… 가게처럼 봉사, 해보고 싶어서…… 에, 에헤헤♡"

"젠장 귀여워! 완전 해냈다고, 이 몸!!"

"꺄아, 깜짝이야! 뭔가요, 크로노스. 갑자기 소릴 지르고!"

리아라는 화를 냈지만 어흠, 헛기침을 하고 아테나와 계속 이야기를 나누었다.

"그, 그보다도, 소꿉장난 같지 않아요. 이렇게나 맛있게 만들 수 있다니, 정말 굉장해요…… 어떻게 만드는지 꼭 가르쳐주셨으면 좋겠어요."

"으, 응. 나라도 괜찮다면 물론…… 아, 만든다고 그러니, 크로노스 님……?"

문득 떠오른 듯 아테나가 묻자 크로노스는 알고 있어, 라며 고개를 끄덕여 답했다.

공방에서 받은 자루 안에서 아테나에게 줄 물건을 꺼냈다.

'뭐죠?'라며 옆에서 들여다본 리아라가 "세상에"라며 굳었지만 그것은 가볍게 넘기고, 크로노스는 아테나의 손으로 정중하게 물건을 건넸다.

"여기, 콘돔★"
"와아…… 감사합니다, 덕분에 살았어요……♡"

아테나의 시원스러운 반응을 보면 이것이 오배송이 아님은 명확했다.

하지만 아무래도 리아라는 납득할 수 없는지, 왠지 정…… 제지하고 나섰다.

"잠깐만요, 여러 가지 의미로. 여러 가미 의미로 기다려 봐요.

애당초 대체 그걸로, 어떻게? ……어, 잠깐만, 어…… 설마, 이 요리 같은 데도?!"

"후에……? 으, 응…… 채소라든지, 액에 담가서 절이는걸. 편리하니까…… 그리고 이거…… 소시지 모양을 가다듬든지…… 이렇게 구불구불, 하게 만들어서……."

"아니—?! 채소는 몰라도 소시지는…… 소시지는—! 어쩐지 이제는 다른 걸로 보여 버리잖아요, 이—건—?!"

리아라는 마구 번민했지만, 크로노스는 미묘하게 이상한 부분에서 감탄하고 있었다.

"핫핫핫, 막 만났을 때라면 '다른 것' 따윈 생각도 못 했을 텐데, 꽤나 성장했구나 리아라. 그 성장력(과 가슴)에는 눈에 휘둥그레진단 말이지."

"예, 누구 덕분에! 크로노스가 저를 물들이는 거잖아요—?!"

"어쩐지 그 표현, 땡기는데. 이 천연 변태 미소녀 녀석."

"따, 딱히 미소녀는…… 아뇨, 이거 칭찬이 아니잖아요! 아 정말, 그보다도 크로노스, 전혀 안 먹고 있잖아요! 그러는 크로노스야말로 저항감이 있는 거죠?!"

"응? 아니, 그럴 리 없잖아. 나는 지금부터 진짜니까. 그렇지, 아테나?"

말을 걸며 아테나 쪽으로 시선을 향하자 그녀는 뺨을 붉게 물들였다.

그 반응에 리아라는 고개를 갸웃거렸지만, 아테나는 느긋한 동작으로 크로노스 바로 옆의 의자에 앉아서——.

"크로노스 님…… 자, 자…… 아─앙, 하세요……♡"

"으흐흐, 괜찮다고─. 아─앙."

"──웃?! 무무, 뭘…… 뭘 하는 건가요?!"

리아라는 뭘 하냐고 물었지만, 미소녀 노예 아테나가 『자, 아─앙♡』한다고밖에, 무어라 형용할 말이 없었다.

크로노스로서는 "이건 무척 좋은 겁니다"라는 것이 솔직한 감상이지만, 아테나의 입장에서는──황홀, 황홀이었다. 눈동자 안에 하트 마크가 떠 있는 것처럼 보일 정도였다.

그렇다, 이것은 크로노스가 노예인 아테나에게 강요한 것이 아니었다. 오히려 아테나가 하게 해달라며 그를 위해 가게를 열겠다고, 그렇게 이야기한 것이었다.

실제로 아테나는 단순히 돌보는 것을 좋아한다거나 모성적인 측면을 초월하여, 쾌감을 탐하는 여자의 표정을 띠고 있었다.

"우후, 훗…… 저, 역시 이러는 거 좋아요……♡ 크로노스 님, 저 뭐든 해버릴 테니까…… 잔뜩, 시켜주세요, 알겠죠……♡"

음식을 먹이는 행위를 계속하며 녹아내릴 듯 달콤한 목소리가 귓가에 스며들었다.

'응석받이 모드'에 들어간 아테나는 이미 최강. 크로노스의 역량으로도 대적할 수 없다. 뭐, 애당초 저항할 필요가 있는지는 의문이지만.

하지만 이때, 의외의 반응을 드러낸 것은.

"으, 음. ……으음~~~……."

어째선지 뺨을 잔뜩 부풀린 리아라. 빤히, 그런 눈빛으로 바라보기에 왜 그러는 걸까――크로노스가 그리 생각한 직후.

"크, 크로노스! 자, 자……. 자아, 아~앙, 하세요♡"

세상에, 세상에나 리아라가 자주적으로, 달콤한 봉사에 끼어들었다――!

아니, 리아라는 성장이 현저했다. 이 정도 기습은 충분히 가할 만할지도 모른다. 하지만 끼어드는 형태가 되어버렸는데 아테나는 어떻게 생각할까.

크로노스는 가볍게 걱정이 되었지만, 그것은 기우였음을 아테나의 반응으로 알 수 있었다.

"꺄…… 후후, 리아라 양도, 하고 싶어……? 응, 괜찮아…… 둘이서, 크로노스 님께…… 하자……♡"

"! 예…… 아테나 씨와 함께라면 든든해요. 하죠, 하죠♪"

어쩐지 묘한 의미로 들리지만 어디까지나 "자, 아―앙♡"의 이야기였다.

뭐, 원래 두 사람은 사이도 상성도 좋았다. 싸움 같은 일은 벌어지지 않을 듯했다. '이 몸의 귀여운 노예'의 아름다운 우정에 크로노스도 절로 마음이 따뜻해졌다, 만.

"훗, 훌륭하다고 둘 다――우걱. 응, 맛있어. 뭐, 그러네. 사이 좋다는 건 아름다운 일이라고 말할 우걱. 우물우물, 응, 너희 같

은 경우를 우거걱. 응응, 아니 맛있는데 말이지? 조금 페이스 우
걱우거걱."

"아, 아─앙♪" "아…… 아─앙……♡" "자─ 아─앙♪" "
자─앙……♡(?)"

예상 못 한 궁지. 공격자가 두 사람이 되어 쉴 틈 없이 입안에
음식이 채워졌다. 이미 말은커녕 숨을 쉴 틈도 사라졌다.

먼저 말해두겠는데, 이건 농담이 아니다. 농담이 아니라──생
명의 위기일지도 모른다.

'훗, 미소녀들의 러브 코미디 어택으로 죽을 수 있다면 바라던
바지만, 그래서는 이 두 사람을 슬프게 만들어버리겠지. 그런 일
은 내 본의가 아냐. 지금은 일단 나의 재치로 빠져나갈까! 아니,
쫀 거 아니라고, 딱히 쫀 거 아니라고──. 진짜라고.'

리아라와 아테나의 공세는 분명한 위협. 그것도 정신없이 몰두
한 트랜스 상태로 말을 거의 듣지도 않는, 미소녀 봉사 머신으로
변신했다.

보통은 저항할 방도는 없겠지만── 그러나 크로노스는 그냥
노예상이 아니었다.

바야흐로 크로노스는 최강 노예상의 관록을 선보이기 위해, 반
격에 나섰다──!

"우걱, 우걱──꿀꺽! 좋아, 둘 다 잠깐만 기다려! 두 사람의 봉
사, 극상의 기분이었다고, 응! 하지만 나도 두 사람에게 갚아주지
않으면 마음이 안 풀려, 잠깐! 그러니까 잠깐만! 그래, 소중히 간
직해둔── 기분 좋은 걸 해줄 테니까, 알겠지?"

"'! ……기분, 좋은 것……?'"

사실 두 사람은 멈출 생각이 없었지만, 크로노스가 건넨 미끼에 어찌어찌 낚여주었다.

트랜스 상태는 이성이 날아가기는 했지만 욕망에 충실한 측면도 강해지기에, 이렇게 되는 것은 크로노스의 계획대로였다. 아──, 위험했다.

자, 그건 제쳐놓고. 크로노스의 책략이란── 딱히 이 상황을 피하는 것이 아니었다. 조금 전까지의 위기를 '조교'로 전환하고자 히죽 미소를 띠며 말을 이었다.

"최선을 다해준 두 사람의 마음은 기쁘지만, 나는 너희도 기뻐했으면 좋겠어. 바로 그렇기에, 둘이서 사이좋게── 자, 이걸 먹어줘!"

크로노스가 손에 든 것은 테이블 위에 있는 요리 중 하나, 그중에서도 특별히 훌륭한.

위풍당당하게 자리 잡은, 더없이 두꺼운 소시지──반복한다, 소시지였다──!

슥, 크로노스가 의자를 끌어당기자 리아라와 아테나는 눈앞에서 무릎을 꿇는 듯한 자세가 되었다. 우연이었다. 그런 두 사람에게 건네고자 소시지는 크로노스의 거기…… 아니, 사타구니 주위에 위치하게 되었다. 우연이었다.

리아라와, 그리고 특히 아테나는 크로노스의 마음씀씀이에 감

격했는지 눈에는 요염한 빛이 깃들었다. 배가 고프기도 했을까.

크로노스의 다리 앞쪽에 무릎을 꿇은 리아라와 아테나가 양쪽에서 그 다리에 매달리며, 촉촉하게 젖은 입술을 동시에 소시지로 가져다댔다.

"꺄앙…… 크로노스 님(이 가지고 있는) 소시지…… 커다, 래요……♡"

"가, 감사의 답례를 받지 않는 건…… 실례겠죠……? 정말, 맛있어 보여서 못 참겠어요…… 날름♡"

"앙…… 리아라 양, 치사해…… 나도…… 우물, 우물……♡"

"아~앗…… 아테나 씨도 참, 그렇게나 (소시지를) 물고…… 정말~, 저도 원한다니까요. (소시지를) ……응, 응♡"

미소녀들의 작은 입으로는 도저히 모두 넣을 수 없을 듯 훌륭한 그것을, 때로는 핥고 필사적으로 물며 쪼듯이 가볍게 **먹었다.**

중요한 사실이니 혹시 몰라 되풀이한다――이것은 소시지, 소시지이다――!

'이 몸의 귀여운 노예'의 맹공을 피하고 '조교'로 전환한 노예상 크로노스는, 미소녀들의 요염한 모습을 관능하며 마음속으로 "후하하" 드높이 웃는 것이었다.

■ ■ ■

은밀한 일(소시지를 먹었을 뿐이라고, 정말이라고)을 마친 크로노스는 얼굴을 새빨갛게 물들이고 바닥에 쓰러진 아테나에게 정중히 감사 인사를 하고, 마찬가지로 붉은 얼굴의 리아라를 데리고 가게를 나섰다.

참고로 아테나에게 건넨 감사의 말이란.

『아테나, 항상 정말로 고마워. 밥은 맛있었고──엄청 야했다고! 정말로, 소시지로 그렇게까지 야해지다니 재능이네! 멋졌어!』

사람들은 이것을 추가 공격이라고 부를지도 모르겠지만.

참고로 아테나만이 아니라, 지금은 조금 뒤에서 걷고 있는 리아라에게도 효과가 있었던 모양이라.

"저, 저, 저는, 그런…… 《신국》에 있을 때도 그렇고, 이상해요…… 제가 저 자신이 아니게 되어버릴 때가 있어요~! 주로 크로노스 때문에, 크로노스 때문에~!"

어째 무척 남들 듣기 뒤숭숭한 소리를 외쳤다. 참으로 유감이었다.

뭐, 이러쿵저러쿵 하는 사이에, 다음 목적지에 도착했다는 사실을 크로노스는 이야기해주었다.

"이봐─, 무지 야한 표정으로 엄청 두꺼운 소시지를 정신없이 물고 있던 리아라─. 노노의 가게에 도착했다고─?"

"으아아, 큰 소리로 무슨 말을 하는 건가요─! 계속 그러면, 때릴 거라고요?!"

"피차일반이라고 생각하는데 말이지. 뭐, 그보다도 자자, 들어가들어가."

"으으으…… 아, 알았다고요…… 아니, 꺅."

크로노스의 재촉에 가게로 발을 들인 리아라가 작게 비명을 질렀다.

그도 어쩔 수 없을지도 모르겠다. 아테나의 가게와 마찬가지로 아담하기는 하지만 내부 장식은 화려하다기보다도 관능적. 중앙의 핑크색 침대가 무언가 의미심장했다.

향도 피우는지 후각까지 자극했다. 의도적이겠지만 어스름한 가게 안쪽에서, 노노가 소리도 없이 걸어왔다.

"크로, 기다렸어, 어서 와♪ ──그리고 에로 가슴 포동포동 소시지 여자도, 잘 왔어. 기겁했어. 아무리 노노라도, 기겁했어."

"들어버렸잖아요?! 크로노스, 바보오! ……아니, 노노 씨, 그…… 그 차림새는?"

리아라의 책망하는 말도 노노의 익숙지 않은 의상 앞에서 멈춰 버렸다.

노노가 입고 있는 것은, 의사가 있을 법한 여성용 백의. 하지만 원피스 치마는 길이가 극단적으로 짧고 어느 나라에서도 본 적은 없었다…… 아니.

여기서는 확실하게,《여신》만이 볼 수 있는 이세계의 호칭을 사용하자──간호사 옷이었다.

"웃흥──…… 크로, 어때? 거리 옷가게에서, 주문 제작. 돌아왔더니, 완성된 모양. 어울려? 어울려?"

빙글빙글 춤추듯 천진난만하게 옷을 보여주는 노노에게 크로노스는 고개를 끄덕이며 솔직한 감상을 늘어놓았다.

"음! 순백의 간호사 옷이 노노의 매력적인 갈색 피부를 보다 선명하게 이끌어내고 있어! 이렇게 소화해낼 수 있는 건, 노노를 제외하면 둘도 없겠지. 역시, 이 몸의 노노야!"

"! 우훗, 우후후…… 칭찬받아서, 기쁘, 지만…… '이 몸의 노노', 이게, 가장 기뻐…… 크로, 고마워♡"

평소에는 쿨한 분위기를 무너뜨리지 않는 노노가 흐늘흐늘 미소를 띠었다.

옆에서 보던 리아라도 놀랐을 정도였지만 헉, 노노는 표정을 다잡았다.

"자, 그럼. 일, 할게. 노노, 프로니까. 자, 맡겨줘, 크로."

빠릿하게, 조금 전과는 다른 사람처럼 늠름한 노노를 보고 리아라가 의문을 입에 담았다.

"저, 저기…… 노노 씨는 무슨 가게를 하시는 건가요? 아테나 씨는 식당(같은 무언가)이었는데…… 요긴 좀 알 수가 없어서."

"어? 하아…… 리아라, 둔감. 노노의 복장, 보고, 모르겠어?"

"예? 저기, 상당히 보기 드문 분위기지만…… 배, 백의인가요?"

"그래. 여긴──병원. 특히 검사나, 마사지라든지…… 전문의, 병원이야."

"어. ……예에?! 노노 씨, 의료 지식까지 있나요?! 괴, 굉장해요!"

리아라의 솔직한 칭찬에, 이 또한 웬일인지 기분이 좋아졌는지 음, 가슴을 편 노노가 득의양양한 표정으로 설명했다.

"후. 당연. 노노, 인체의 급소, 나아가서는 혈, 꿰고 있어. 그런 노노의, 마사지──극상. 이거, 자화자찬, 아니야. 그저 사실. 엣헴."

다시 가슴을 펴는 노노는, 크로노스가 말하자면──귀엽다. 정말 귀엽다.

하지만 그 자신감의 내용은 틀림없는 사실임을, 크로노스는 알고 있었다.

리아라에게도 어찌어찌 전해졌는지 눈을 반짝이며 신나서 말했다.

"극상이라니, 정말 굉장해요……! 앗, 그렇죠. 모처럼 가게를 열었잖아요. 크로노스 다음에라도, 저도 마사지를 받는다든지──!"

"하? 크로 말고, 할 리가 없, 잖아. 손님 같은 건 오지도, 않는데?"

"어째서 가게를 열었는데요?"

어쩐지 이 대화, 아테나의 가게에서도 본 것 같은데.

뭐, 노노는 미스테리어스한 여자아이니까 어쩔 수 없다. 자, 그런 노노가 다시금 크로노스 쪽을 돌아보며 진지한 표정을 띠었다.

"애당초 오늘, 막 돌아온, 크로의…… 중요한 검사. 어딘가 상태, 이상하지 않은가. 몸에 이변, 없는가. 조사하는걸. 이거, 중요한 일."

지그시 응시하는 노노는 프로라 부르기에 걸맞은 눈빛을 빛냈다.

리아라도 그 분위기를 헤아렸는지 가느다란 목에서 꿀꺽, 긴장을 삼키는 소리가 들렸다.

그리고 마침내 간호사 옷 노노가 움직이고, 크로노스에게 서슴없이 꺼낸 말은.

"자, 크로── 바지랑 팬티, 벗어던져. 자, 빨리. 자, 얼른. 얼른."

"잠깐만 기다리실까요, 노노씨. 잠깐. 좀. 자…… 전혀 기다리질 않는군요, 정말! 크로노스의 바지에서 손을 떼세요!"

리아라의 제지 따윈 듣지 않고 노노는 이미 크로노스의 하반신에 손을 대고 있었다. 빠르다.

필사적으로 바지를 끌어 올리려는 리아라에게, 끌어내리려는 노노는 무언가 설득을 시도하려고 했다.

"아니야. 이거 진짜, 필요한 일. 딜도라든지, 있잖아. 정확한 데이터, 필요. 거짓말이 아냐, 정말로. 결코 노노, 보고 싶다는 것만이, 아니라…… 보고 싶어…… 아니. 아니고."

"어쩐지 신용이 안 간다고요! 언제까지고 그저 남들한테 휩쓸리기만 하는, 세상 물정 모르는 《공주님》이라고 생각해서는 곤란하니까요! 으으응─!"

리아라의 성장력, 정말로 얕볼 수가 없다.

자, 크로노스로서는 노노의 검사를 흔쾌히 받아들이고자 했다.

하지만 먼저 용건부터, 마대에서 노노에게 전해줄 물건을 꺼냈다.

"이봐―, 노노. 사이가 좋은 모습은 흐뭇하지만, 이거, 목수네가 보낸 물건이야. 이번에는 뭘 만들어달라고 했어?"

"으으음…… 응? 아, 그거, 새 딜도…… 헉."

노노가, 저질렀다. 그러면서 입을 막――지 않았다. 바지에서는 완고하게 손을 떼지 않았다.

강고한 의지에는 경악했지만 실언은 실언. 리아라는 놓치지 않고 따져들었다.

"노노 씨? 딜도, 새 걸 만들었는데도…… 정말로 지금 필요한가요? 정확한 데이터라는 게."

"……피, 필요. 그게, 크로니까…… 여행하는 동안, 또 성장했어도, 이상하지 않으니까. 리아라도, 신경 쓰이잖아. 속으로는 음탕, 하니까."

"시시, 신경 안 쓰는데요?! 어쨌든, 안 돼요! 절대로 필요하지도 않는데, 여자가 그런 검사를 한대도……. 간단히 볼 게, 아니라고요―!"

"윽. 하, 하지만…… 하지만……."

부들부들 떠는 노노가―― 참고로 그럼에도 손을 놓지 않았지만, 어쨌든 있는 힘껏 외친 말은.

"노노, 크로 거―― 보고 싶은데!!"

"역시 보고 싶은 것뿐이잖아요!!"

정말로 드물게도, 리아라가 노노에게 승리한 순간이었다.

■ ■ ■

결국 그 후, 리아라의 감시 아래 노노는 평범하게 크로노스의 신체검사를 진행했다. 리아라를 향해 노노가 '칫' 하고 혀를 찬 것은 수십 번 이상에 달했다고 한다.

노노는 불만스러운 모양이지만——검사할 때, 크로노스가 상반신만이라도 벗자 얼른 달려들어 매우 만족한 미소를 보여주었다. 잘 됐구나, 잘 됐어.

그리고 노노의 가게를 뒤로했을 무렵에는, 해는 완전히 저물었다.

기진맥진한 리아라를 데려고 온 마지막 장소는 아테나와 노노의 가게에서 무척 가까운 장소.

"여기가…… 크로노스의 집, 인가요?"

리아라가 중얼거렸다시피, 이곳이 크로노스의 거처였다. 《신국 아리에스》에서 머무르던 저택과 거의 같은 정도의 크기였다.

그런 우리 집을 바라보며 리아라는 조금 긴장이 풀린 목소리를 냈다.

"어쩐지 좀…… 의외예요. 《노예 왕국 크로노스》 같은 소릴 했으니까, 틀림없이 크로노스는 성 같은 곳에 살 거라고만 생각했는데."

"응—? 리아라는 그런 곳이 더 좋았어?"

"어, 아뇨. 저는…… 후훗, 이 정도가 딱 편안해요♪"

리아라의 미소는 그저 환했다. 진심으로 꺼낸 말이리라.

그녀의 솔직한 감정에 이끌렸는지 크로노스 역시도 자연스럽게 대화가 이어졌다.

"뭐, 이곳 '본거지'는 99퍼센트가 여자들의 거처니까. 남자는 철저하게 내쫓는 만큼, 성 같은 걸 만들기엔 아무래도 인원수가 부족해진다고."

"아, 그렇군요. ……성의 유지는, 그게…… 그렇게나 큰일인가요?"

"그럼. 어쨌든 성이라는 곳은 거주하기에 적합하다고 하긴 어려우니까. 전문가나 메이드 따위를 상시 운용하며 수많은 인간으로 관리할 수 있다는 게 전제인 장소야. 리아라도《신국》에서는 계속 살았으니까 알지도 모르겠지만."

"아, 예. 특히 크로노스의 도움을 받고 저택에서 생활한 뒤로, 차이를 실감했어요. 저, 그때까지는 계속 성이 살기 힘든 곳이라는 걸 깨닫지 못했거든요……."

시무룩, 고개를 숙여버린 리아라를 보고 크로노스는 얼른 덧붙였다.

"뭐, 깨닫지 못할 만큼 리아라는 소중하게 대우를 받았다는 거라 생각하지만. 이유는《공주님》이라는 것만이 아니라고. 리아라의 인품, 인덕 덕분이겠지."

크로노스의 추측은 빈말이 아니었기에, 그 때문일까, 리아라는 부끄러워하는 표정을 드러냈다.

그리고 크로노스는 자신의 저택을 바라보며 진지하게 보충했다.

"게다가 뭐, 이것도 충분히 커다란 저택이고——내 손길이 충분히 닿는, 이 정도가 제일 마음이 놓이거든. 뭐, 최소한 집에서는 마음껏 날개를 쉬고 싶으니까."

"! 후훗…… 그러네요. 크로노스가 아무리 굉장한 새라고 해도…… 저를 구해줄 때처럼 항상 날아다니기만 해서는 지쳐버리겠죠♪"

"! 푸핫, 뭐 그런 거야! 언젠가 또, 귀여운 여자애를 구하기 위해——힘을 비축할 필요가 있으니까 말이야! 왓핫핫."

아무래도 리아라는 크로노스는 생각한 것 이상으로 이해해주는 것일지도 모르겠다.

그것이 어쩐지 부끄러워서, 하지만 기쁘기도 해서 크로노스는 손끝으로 콧잔등을 비비며 저택의 문을 열려고 했다.

"자, 문 앞에서 너무 오래 이야기했네. 괜히 잘난 척해버린 것 같지만—— 날개를 쉬어야 할 나의 집으로, 초대할게. 자, 어서 와 《공주님》."

"앗…… 아, 예. 초대받아버렸어요♪ 실례합——."

크로노스가 문을 열어주고 리아라가 발길을 들인——그 순간.

"쌔액, 쌔액…… 앗, 리아라……? 어서 오세요…… 아니, 다녀오셨어요, 일까요……? 쿨럭쿨럭."

"날개를 쉬어야 할 집으로 발길을 들린 그 순간, 당장에라도 피로로 쓰러져버릴 것 같은 루아 씨랑 조우해버리다니—?!"

친절하고 정중한 상황 설명을 섞어, 무척 재주 좋게 곤혹스러워하는 리아라였다.

하지만 어째서 루아는 이렇게나 지친 것인가, 그것은 그녀가 스스로 설명했다.

"뭐, 재무 관리라든지 그밖에도 자잘한 일은 제 업무니까…… 막 돌아온 지금이, 가장 힘들거든요…… 후우, 후우…….."

그렇다고는 해도 거의 쉬지도 않았던 것이 아닐까. 귀환 수속을 루아에게 부탁한 것도 크로노스지만 아무리 그래도 그렇게까지 무리하라고 그러지는 않았다.

"이봐, 후아. 전부 혼자 하려고 그러지 말고 제대로 사람을 쓰라고 항상 말했잖아? 그만큼 비용이 들더라도 딱히 상관없다고."

"윽! 그, 그건, 그렇지만요…… 아깝기도 하고, 그리고…… 사람을 쓰다니, 긴장해서, 좀……."

"정말이지, 또 심약한 나쁜 버릇이 고개를 내밀었구나? 벌로—— 엉덩이 주무르기!"

"어, 잠깐…… 삐에에에에?! 그, 그만…… 후에에에엥?! 알겠어요! 다음부터는 제대로, 용기를 내서 사람을 쓸 거니까요?!"

"음, 좋—아, 착한 아이구나! 그렇다면 포상으로, 엉덩이를 잔뜩 주물러줄게. 으차."

"어쨌든 주무르는 거잖아요?! 아♡ ……그, 그만하라니까요?!"

계속 그만하라고 그러지만 살짝 활기를 되찾은 느낌이었다, 여러 의미로.

하지만 그때 루아의 친우인 리아라가 과감하게도 구원의 손길을 뻗었다.

"에, 에잇, 그만해요, 크로노스! ……아니, 그만하라니까요?! 잠깐, 전혀 그만두질 않는군요, 정말! 이 녀석이고 저 녀석이고 말이에요! 정말…… 떽, 이에요!"

"후냐아아…… 리, 리아라…… 고, 고마워어어……."

"괘, 괜찮나요, 루아 씨?! ……그보다도, 그게…… 저기."

최종적으로는 상당히 억지스럽게 루아를 구출한 리아라. 하지만 사실은 처음부터 신경 쓰였던 것이리라――지금 루아의 모습에 대해서 언급했다.

"루아 씨는, 그게…… 어쩐지 이상한 의복이네요? 토끼 같아요."

루아는 지금 평상복도 메이드 옷도 아니었다. 토끼 귀를 본뜬 헤어밴드에 아슬아슬한 레오타드 의상을 걸치고 있었다――다시 말해.

바니걸의 모습을, 하고 있는 것이었다――!

실내라고는 해도 대담한 수준을 넘어섰다. 치녀입니다, 훌륭한 것입니다.

정말이지, 어쩔 수 없는 아이라고. 크로노스가 그리 생각하는데, 루아는 기세 좋게 말했다.

"으으, 그래, 그래요! 저는 싫다고 하는데도『그 모습이 네 훌륭한 엉덩이를 더욱 빛나게 만드니까』라면서, 크로노스 니꺄아아악?!"

"이런, 루아 괜찮아?! 엉덩이라 탱탱하다고! 으챠─!"

"잠깐, 크로노스, 뭘 하는 건가요?! 그만하라고요, 이 녀서어어억?!"

루아의 엉덩이나 너무도 훌륭했기에 걱정이 된 크로노스가 마구 주물렀을 뿐인데, 리아라는 어째선지 화를 냈다.

자, 크로노스는 그래서 미안하다는 것 같은 표정을 만들고 리아라에게 말을 건넸다.

"리아라, 용서해. 나는 네게 부탁해야만 하는 일이 있어. 이곳《노예 왕국 크로노스》에서는 규칙 같은 거라서 말이야."

"예? 무, 무슨 일인가요, 갑자기 진지해져서는⋯⋯ 규칙, 인가요?"

성실하게도 되묻는 리아라에게 음, 크로노스는 크게 고개를 끄덕이고 대답했다.

"내 집에서는──'이 몸의 귀여운 노예'는, 바니걸 복장을 해야만 하는 거야──!"

"어. ⋯⋯예에에~~~?! 시, 싫어요, 싫다고요! 어째서 그런 규칙──."

"부탁이야, 리아라. 이것도 필요한 일이야.《노예 성구》나《낙인 마법》의 힘을 더욱 이끌어내기 위해서! 나도 사실은 이런 괴로운 일을 시키고 싶지 않지만, 그래도 리아라──네게만, 네게

만 부탁할 수 있어! 부디, 따라줘!"

"! 크로노스, 세상에, 별일로 진지하게…… 저, 저만 할 수 있는 일……인가요?"

크로노스가 진심으로 건넨 부탁이 닿았는지 리아라는 진지하게 고민해주었다.

바로 그때, 이미 바니걸 모습인 루아가 무언가 이야기를 꺼내려고 했다, 만.

"? 아뇨, 그런 이상한 규칙 같은 건──."

"루아."

"예? ……히, 히익?!"

그때 크로노스, 한 손으로 아무것도 없는 공간을 주물럭주물럭, 움켜쥐는 동작을 했다.

그것만으로 무언가를 헤아렸는지, 루아는 자신의 엉덩이를 지키듯 양손으로 가리고 눈물을 글썽이며 침묵했다. 정말로 착한 아이였다. 포상으로 나중에 엉덩이를 주물러주자.

그리고 이러쿵저러쿵하는 사이에, 리아라는 마침내 각오를 다진 듯했다.

"아──알겠어요! 저, 할게요…… 리아라, 바니걸이 되겠어요!"

《공주님》, 바니걸 선언. 이 선언에 크로노스는 흔쾌히 고개를 끄덕였다.

"걸렸어. 어어, 아니, 잘, 잘 말해줬어, 리아라! 자, 루아는 갈아입는 걸 돕고, 지금 당장 갈아입어 줘. 자, 시간과의 승부야!"

"그, 그런가요?! 그럼, 빨리해야…… 저기, 루아 씨. 잘 부탁드려요――."

"미안해요, 미안해요 리아라…… 지옥으로 떨어지는 건, 함께할 테니까요……."

"무엇이 루아 씨를 그렇게까지 몰아넣었나요?! 이, 이건 혹시…… 정말로 긴급사태인 걸지도 몰라요! 당장 갈아입고 올 테니까, 기다리세요―!"

어쩐지 결과적으로 그럴듯한 방향으로 이야기가 굴러가는 느낌이었다.

이것을 보고 최강 노예상 크로노스는 이렇게 생각하는 것이었다――"계산대로다", 라고.

■ ■ ■

저택 안에 있는 크로노스의 개인실. 왕좌 같은 의자에 앉은《노예 왕국 크로노스》의 주인은.

"믿고 있었어――나는, 믿고 있었어."

더없이 감격하여, 하늘을 우러러보며, 크로노스는 마음속에 소용돌이치는 감동을 그대로 입에 담았다.

"리아라한테는 바니걸이 엄청나게 어울린다고―― 나는, 믿고 있었어!"

순진무구한 리아라가 지금, 분명히, 바니걸로 변신했다——!

늘씬하고 긴 다리는 타이츠로 감싸여, 맨다리일 때와는 또 다른 매력을 자아냈다.

그리고 무엇보다도 '문장'의 악센트도 적절한 그녀의 가슴—— 압도적, 압도적이었다. 이것을 전력으로 표현한다면 '지상 최강'이라 불러도 과언이 아니다. 의미는 불명이지만.

그리고 당사자인 리아라 본인은 어떠냐면, 지금 어떤 심경에 빠져 있을까.

"저, 저 또 부추기는 크로노스한테 넘어가서, 이런 차림…… 미, 미니스커트 때랑, 또 달라요…… 어째서 이런, 파고드는 의상이 이 세상에 존재하는 건가요……."

조금 전까지의 기세도 상당히 가라앉아버렸지만, 이미 옷을 갈아입고 만 뒤. 눈물을 글썽이며 양손으로 조촐하게 몸을 가리려고 하는 모습이 도리어 선정적이었다.

참고로 빛을 반사하는 것 같은 하얀 피부는 수치심 때문인지 어렴풋이 붉게 물들어 있었다. 무심코 "이런 색기로 청초는 무리겠지" 그러고 싶어질 정도의 모습이었다.

바니걸로 변한 《공주님》과 영웅호걸이 아니라 궁둥호걸이라고 크로노스가 멋대로 부르는 루아. 두 사람에게 다가가고자 크로노스가 의자에서 일어나자.

"꺅…… 으, 으으, 크로노스, 저한테 이런 옷을 입히고, 뭘 할 생각인가요……."

경계하며 몸을 움츠리려는 리아라——하지만 갑자기 루아가 앞으로 나와서.

"리, 리아라는, 제가 지킬 거니까요…… 더, 덤비세요, 크로노스 씨! 여긴 절대로 지나갈 수 없으니까요!"

"루아 씨…… 저, 저도, 루아 씨를 지켜——."

눈물을 글썽이며 몸을 떠는 아기 토끼들이 서로 손을 맞잡고, 서로를 감쌌다.

이 아름다운 광경에 그만 감격한 크로노스——천천히 루아의 엉덩이를 양손으로 주무르고.

"그래, 간다고! 어떠냐, 어떠냐 이 엉덩이 어엉—?!"

"흐먀아——?! 후, 후아, 아아아…… 그만, 해……응♡"

"루루루아 씨?! 너무 순식간에 당해서는, 이제는 지키느니 지켜주느니 그런 문제마저 아닌데요—?!"

하는 김에 레오타드를 끌어 올려 꼼꼼하게 마무리를 날려뒀다. 쓰러진 루아는 꿈틀꿈틀 몸을 경련하고 상기된 뺨으로 침묵에 빠져버렸다.

그리되어, 리아라와 일대일의 승부였다. 기도하듯 양손을 가슴 앞으로 맞잡은 리아라가, 그럼에도 다부지게 크로노스를 찌릿 노려봤다.

"으으, 루아 씨한테, 이 무슨 악독한…… 더, 덤비세요, 크로노스! 저는, 지지 않아요…… 절대로 '조교' 따위에 지지 않을 거니까요!"

리아라는 살짝 한심한 발언을 했지만 귀여우니까 괜찮다고 쳤다.

그렇다고 딱히 대충 봐줄 생각은 없었다. 크로노스는 품속에서, 공방에서도 본 예의 《노예 성구》를 꺼냈다──그래, 로터입니다. 리아라에게는 핑크색을 초이스.

"자, 리아라. 기다리고 기다리던 로터야! 공장에서도 흥미진진하게 보던데, 시험해보고 싶었겠지?《신국》에서도 결국 못 썼으니까──자, 간다!"

"오, 오지 마세요~?! 히얏, 가까이 오지 마?! 부르르르한다고요─?!"

"우왁. 이 녀석, 리아라. 날뛰지 말고. 확실히 잘해줄 테니까──앗."

이미 진동하고 있다 보니 로터가 크로노스의 손에서 미끌, 하고 떨어져 버렸다. 그리고 진동하는 작은 달걀 모양의 부위가 리아라를 향해 날아가고.

세상에──그녀의 커다란 가슴 계곡에 폭 끼어버리는 것이 아닌가──!

"히에. 꺄, 꺅…… 꺄아아악?! 아앙♡ ……뭐, 뭔가요, 이거…… 지, 진동 탓에, 자…… 잡으려고 해도 안으로?! 흐, 잉♡"

자극 탓인지 리아라도 이따금 요염한 목소리를 내고 말았다. 하지만 쑥 들어가 버린 로터의 진동이 리아라의 커다란 가슴을 가늘게 흔드는 그 광경은.

꿀꺽, 크로노스는 솟구치는 정욕을 삼킬 수밖에 없었다……만.

"크, 크로, 크로노스…… 보, 보지만 말고, 빨리, 멈춰줘…… 앙♡ 부, 부탁, 이니까……!"

리아라의 교성 섞인 목소리에 헉, 크로노스는 정신을 차렸다. 그렇다, 리아라를 위하여, 멍하니 있을 때가 아니라고, 할 수 있는 일을 하기 위해서, 행동했다.

"그래, 알았어! 으으왁 미안해 리아라! 내 마음속의 덜렁이가 얼굴을 내밀어서 그만 진동을 '강'으로 해버렸어! 꾹."

"지금! 틀림없이, 말한 뒤에──까아아아?! 떠, 떨린다는, 수준이 아니라고요─?! 마, 마구 날뛰는데요─?!"

이 로터도 《노예 성구》, 통상 이상의 파워를 발휘하여 리아라의 커다란 두 둔덕의 무게에도 지지 않고 부들부들 미친 듯이 춤췄다.

제아무리 크로노스라도 이 광경에는 『우오오…… 쩔어……』라며 압도될 뿐이었다.

그렇게 잠시 지나서야 간신히, 리아라의 가슴 밑으로 툭──부우우우웅, 로터가 진동하며 바닥을 굴러다녔다.

리아라는 간신히 해방되었지만, 어깨를 들썩이며 분노로 바들바들 떨었다.

"이, 이, 이…… 크로노스! 아무리 그래도, 화났다고요?! 이번만큼은, 더는 용서 안 해요! 이 손으로 처벌하겠──."

"──미안해, 리아라."

"어웃. ……어, 어…… 후에?!"

분노를 폭발시키기 직전이었던 리아라가 맥 빠진 목소리를 흘린 것은 어쩔 수 없는 일──크로노스가 순순히 사과하며 있는 힘껏 끌어안았기 때문이었다.

'조교' 때와는 또 다른 종류의, 곤혹과 붉게 물든 얼굴. 안겨서 허둥지둥하는 리아라에게 크로노스는 다정히 말을 건넸다.

"'조교'당하는 네가 너무 귀여워서, 그만 과하게 저질러버린 건 인정할게. 정말로 잘못했어, 리아라. 하지만 믿어줘. 이건 결코 무의미한 장난만은 아니라는 걸.《노예 성구》에 힘을 싣기 위해 필요한 일이야."

"웃. 으…… 그, 그런 이야길 하면…… 저, 화를 낼 수가……."

크로노스의 말은 결코 꾸며낸 변명이 아니라고, 리아라에게도 전해졌을 터. 그렇기에 그녀는 아무 말도 못 하고 품속에서 고개를 숙여버렸다.

다만 쓸데없는 이야기를 덧붙여두자면…… 노출도 높은 바니걸 상태인 리아라를 양팔 가득 끌어안은 건──무척 부드러운, 지극히 행복한 시간이었다.

허나 아쉽게도 보너스 타임은 그리 오래 이어지지 않았다. 리아라는 잠시 얌전히 있었지만 삐죽, 입술을 내밀고는 크로노스에 게서 떨어졌다.

"정말, 정말정말정마아알……! 크로노스는, 치사해. 치사해요! 그런 식으로, 다, 달콤하게 속삭이면 용서할 거라 생각하고…… 치…… 치사해요~!"

그런 소리를 해도 말이지, 그러면서 곤란해하는 표정을 띠는 크로노스를 향한 리아라의 (귀여운) 비난은 끝나지 않았다. 동조를 얻고자 이 자리에 있는 인간에게도 말을 건넸다, 만.

"있죠, 그렇게 생각하죠, 루아 씨…… 아, 흐물흐물해져버렸어요…… 정말! 아테나 씨도 뭐라고 말을…… 앗."

리아라가 무심코 아테나를 부르고 만 것은, 거의 무의식이었으리라.

《신국 아리에스》의 저택에서는 거의 계속 함께 있었던 것이다. 지금은 '본거지'에 있는데도 도리어 떨어져버렸다는 사실이 리아라는 쓸쓸했을 것이다.

그 증거로 표정이 조금 어두워지며 리아라는 중얼거렸다…….

"……후훗, 저도, 정말로 외로움을 잘 타네요…… 이러면 안 되겠죠. 조금만 걸어가면 언제든지 만날 수 있는데…… 이래서야 아테나 씨한테 웃음거리가 되어버려요."

"어……? 아니, 리아라 양…… 안 웃는다고……? 언제든지 만날 수 있는 건…… 사실, 이지만……."

"후훗, 고마워요, 아테나 씨. …………뽀엣?"

상당히 신기한 목소리를 낸 리아라는, 아테나가 방에 있었다는 사실을 깨닫지 못했는지 눈을 동그랗게 뜨며 질문했다.

"아, 어, 저기. 어째서…… 언제부터, 보고……?"

"아…… 음, 리아라 양의 가슴에…… 로터가 들어간 부분, 일까……? 그게…… 무척 엄청났다고……? 나도, 열심히 해야겠다고……."

"가, 가장 보이기 싫은 부분—?! 열심히 할 필요 없다고요, 저도 열심히 하고 싶지 않다고요, 이런 거—! 흐에—엥!"

"……? 아, 그보다도 리아라 양…… 어째서, 그런…… 토끼, 모습……?"

"어. ……어, 그게 이거, 이 집에서는 꼭 입어야만 한다고……
어라. 하지만 아테나 씨는, 안 입었네요? ……그건, 그러니
까…….”

순진하지만 총명한, 성장 중인 리아라. 그 가능성에 생각이 미
친 것이리라.

이에 대한 해답은 불쑥, 어째선지 창문으로 들어온 노노가 입
에 담았다.

"크로, 다녀왔어. 밤에 덮치러── 음. 어째서, 다들 있지. 칫.
……그보다도, 리아라, 왜 바니걸? 역시, 치녀? ……루아도 그렇
지만.”

"……………….”

노노의 말에 확신을 얻었으리라── 리아라가 크로노스에게,
기세 좋게 따져들었다.

"크─로─노─스─?! 이 의상을 입는 게 규칙이라니, 거짓말이
군요?! 게다가 아테나 씨가 여기에 있고 노노 씨가 지금 '다녀왔
어'라고 그랬다는 건…… 다들 이 저택에 산다는 거잖아요?! 어,
어째서 가르쳐주지 않았나요?!”

"그야 안 물어봤으니까. 애당초 가게를 냈다고 해서, 이 몸의
귀여운 노예가 내게서 떨어져서 살 이유도 없잖아? 멋대로 착각
한 건 리아라라고.”

"으. ……하, 하지만. 크로노스라면 제 생각 정도는 간파했을
테죠?! 으으, 어쩐지 부끄러운 소릴 해버린 것 같은데…… 그, 그
렇다면, 더더욱 그래요.”

"훗, 물론이야. 네 생각은 알고 있어── 안심해, 리아라."

"! 저, 정말인가요? 그렇다면, 괜찮지만……."

안심한 모양인 리아라에게 크로노스는 확고한 자신감을 가지고 그녀의 바람을 외쳤다.

"앞으로는 좀 더──엄청난 '조교'로, 너를 만족시켜줄게──!"

"아무것도 모르잖아요─?! 대체 무슨 '좀 더'인가요?!"

"훗훗훗, 새로운 '조교'의 실마리가 보이니까 말이지. 기대하도록 해, 이 몸의 귀여운 노예들이여──후하하하하핫─!"

"시, 싫───어───?! 그저 불안할 뿐인데요─?!"

무서워하는 리아라는 넘어가고, 크로노스는 '새로운 조교'를 떠올리고 계속하여 드높이 웃었다.

제2장

그, 그건 "주술약"?!……
어, 아니라고, 어……
《노예 성약》??

《노예 왕국 크로노스》, 그곳의 주인인 크로노스는 자기 저택의 광대한 방에서 홀로 생각에 잠겨 있었다.

"새로운 '조교'──인가. 큭, 어렵구나."

리아라에게 그리 선언한 뒤로 벌써 몇 주. 하지만 새로운 '조교'의 실마리는 보였지만 그것을 실행하기 위한, 중요한 도구가 부족했다.

이대로는 새로운 조교를 기대하는 리아라도 실망해버릴지도 모른다. 실제로 그에 대해서 물어봤을 때도.

『어, 새로운 조교 준비는 아직 안 되었나요? 어, 됐어요, 됐어. 그러는 편이. 그보다도 평범한 조교 같은 것도 그냥 됐으니까요. 아뇨, 됐다는 건, 충분하다는 의미로…… 아뇨, 충분하다는 건 '좋다'라는 의미가 아니라니까요!』

그렇게 사실은 아쉬운 심정을 숨기고 반대로 걱정하게 만드는 결과가 되었다. 언제나 이러니저러니 해도 기뻐하는 조교를 사양하는 것도 낙담한 기분의 발로이리라.

크로노스는 스스로 생각해도 드물게, 자신의 무력함을 한탄하고 있었다.

좀 더, 좀 더 '이 몸의 귀여운 노예'들을 기쁘게 해주고 싶은데. 구체적으로는 완전히 새로운 '조교'로 마음껏 함락시키고 싶은데.

자신으로서는 어떻게 할 방도도 없느냐고 하늘을 우러러본 순간──문이 기세 좋게 열리고!

"크로, 왔어! '새로운 조교'의, 사자가!"

"잘했어, 노노!"

노노가 가져온 낭보에 솔직히 기쁨을 드러내는 크로노스.

《여신에게 버려진 땅》이자 《노예 왕국 크로노스》인 이곳으로 비밀리에 불러들인 이를 안내한 뒤, 노노는 방을 나섰다.

온몸을 덮는 로브를 깊숙이 눌러쓴 사자가 후드 부분을 벗고 정체를 드러내자.

"훗, 잘 와주었구나, 이 몸의 귀여운 노예 중 하나—— 피오나여!"

"옛—— 오랜만입니다, 크로노스 경."

공손하게 인사하는 것은, 《신국 아리에스》에서 《신국의 방패》로 명성이 높았던 피오나.

엄격함 가운데 의연한 미모를 가진 소녀. 눈을 깜박일 때마다 종소리가 들릴 것 같은 느낌마저 들고 만다.

그런 피오나가 가볍게 머리를 흔들어 방금 푼 포니테일을 좌우로 흔든 뒤, 크로노스에게 딱딱한 말투로 이야기했다.

"바라신 대로…… '예의 물건'을 모두 수송했습니다. 제게는 그…… 복잡한 일입니다만. 보관고로 옮겨두도록 하였지만 확인용으로, 여기."

그리 말하며 피오나가 로브 안쪽에서 '예의 물건'을 꺼냈다.

헌상하듯 양손으로 바친 '그것'의 이름을 그녀는 입에 담았다.

"《신국 아리에스》에 봉인되어 있던── '주술약'입니다."

'주술약── 그것은 일찍이 리아라와, 그리고 크로노스 일행에게 엄니를 드러내고, 피오나를 좀먹고, 《신국 아리에스》를 혼란의 소용돌이로 빠뜨렸던 수많은 악의 원흉.

피오나가 복잡한 심정을 품는 것도 당연하리라. 하지만 크로노스는 일찍이 자신을 해하려던 '주술약'을 받아들며 진심으로 기쁨의 웃음을 흘렸다.

"큭큭큭, 잘 전해주었어! 이 녀석이 이 몸의 새로운 '조교'를 완성시킬 최후의 재료인 것이야. 이것으로, 간신히──다음 스텝으로 나아갈 수 있어!"

"예, 기뻐해주시어 참으로 다행입니다. ……하지만, 저기…… 그건 대체 뭡니까?《신국》의 전승에서는, '인간을 이성 없는 짐승으로 바꾸는 약'이라는 이야기밖에 없었는데……."

"음. 흠, 그런가. 뭐, 그렇겠지. 하지만 사실 이 약의 정체는 말이야──."

이 또한 아무도 진실을 파악하지 못한 일일 터이나, 크로노스는 간결하게 밝혔다.

"'정력제'야── 과거에 다정한 《여신》님이 만들었다는, 정력제야."

"어. ……예, 예엣? 그건, 저기…… 진짜입니까?"

엄숙을 무너뜨리지 않는 피오나도 그만 당황했지만 사실이라며 크로노스는 계속 말했다.

"진짜야, 진짜. 하지만 뭐, 사용하면 육체가 변화해버리니까 실패작도 이런 실패작이 없겠지만. 그렇기에 금기로서 봉인되었을 테고."

"그, 그렇군요. ……저는 실패작에 휘둘려서 그런 큰 추태를 범하고 만 거로군요…… 정말로 한심하기 그지없습니다……."

"하하, 그렇게 침울해하지 말고. 게다가 실패작이라도——내《낙인 마법》과 조합해서 새로운 '조교'의 문을 열겠어. 정말로, 잘 가져다주었구나, 피오나."

"! 예, 예엣. 과분한 말씀——어, 꺅?!"

여전히 딱딱한 동작으로 머리를 숙이려던 피오나의—— 가느다란 턱을, 크로노스는 손끝으로 부드럽게 붙잡아 움직임을 멈췄다.

피오나의 턱에 댄 손가락으로 꾹, 고개를 들어올렸다. 당황과 수줍음에 눈물을 글썽이는 눈을 가만히 바라보며, 크로노스는 낮은 목소리로 속삭였다.

"고마워, 피오나. 이 답례는 '조교'로, 실컷 돌려줄 테니까. 그 것은 이제 잔~뜩——녹아서 무너질 때까지, 해줄게."

"! !! 예, 아, 하아…… 예에…… 크로노스, 경……♡"

피오나의 날카로운 눈은 순식간에 녹아버리고, 턱을 받치고 있던 크로노스의 손가락을 타고 살짝 침이 흘렀다. 풀썩, 그 자리에 무릎을 꿇은 피오나가 거친 숨결과 함께 엎드렸다.

피오나 또한 조교를 하는 보람이 있는 아이다——크로노스는 그 사실에 만족하며, 하지만 지금은 새로이 열릴 길에 가슴이 벅차올랐다.

"큭큭큭, 기다려라, 이 몸의 귀여운 노예들——새로운 '조교'를 가지고 한층 더 쾌감에 빠뜨려줄게! 후—하하하하—!!"

스스로도 살짝 쓰레기 같으려나, 그런 생각도 없지 않은 크로노스였다.

■ ■ ■

크로노스의 저택 안에 주어진 리아라의 방. 아무래도 《신국》의 성에 있는 방만큼 넓지는 않지만 그래도 충분하고, 오히려 지금의 방이 더 편안했다.

그렇게 리아라가 자기 방의 귀엽게 장식된 침대에서 편안히 쉬고 있는데, 갑자기 문을 노크하는 소리가 울렸다.

"——어머? 크로노스…… 아니, 아테나 씨나 루아 씨일지도 모르겠네요. ……하, 하지만 일단 머리 정도는 정돈하고…… 엇흠.

예, 예—, 누구신가요?"

　가볍게 몸가짐을 정돈한 뒤, 리아라는 문을 천천히 열었다.

　그랬더니 그곳에 서 있던 것은, 리아라에게는 예상 밖의 인물
로——.

　"리아라 언니—— 오랜만이에요—♪"

　"꺅! 어, 어…… 메, 메이?! 어째서?"

　인사와 동시에 뛰어든 것은 리아라의 여동생인 메이였다.

　리아라와 같은 핑크 블론드의 긴 머리카락에 폭신하게 웨이브
가 진, 귀여운 소녀. 틀림없는 여동생인데 어째서 《노예 왕국 크
로노스》에 있는 것인가.

　이 서프라이즈의 이유를 가르쳐준 것은 온화하게 미소 지은 메
이 본인이었다.

　"놀라게 해서 죄송해요, 리아라 언니. 사실 피오나가 크로노스
님께 전해드릴 물건이 있다고 그래서…… 억지를 써서 따라왔어
요. 오랜만에 리아라 언니랑 만나고 싶어서…… 폐가 되었나요?"

　"! 그랬구나…… 우후후, 아뇨, 전혀 그렇지 않아. 놀라기는 했
지만 그 이상으로 기쁜걸. 자, 사양 말고 들어와, 메이♪"

　메이는 쭈뼛쭈뼛 물었지만 리아라의 대답에 표정이 환해졌다.
리아라의 말에 따라 방으로 들어온 직후, 문이 멋대로 닫힌 것 같
지만 뭐 기분 탓이겠지.

　그리고 리아라의 방으로 들어온 메이는 실내를 둘러보고 신이

나서는 말했다.

"와아…… 귀여운 방이네요 ♪ 인형까지 있어요. 이 방, 리아라 언니가 장식했나요?"

"응, 그래. 크로노스가 있지, 마음껏 해도 된다, 필요하다면 뭐든지 말해, 그렇게 말해줘서…… 《신국》의 성에서는 엄숙이 의무라서 이런 식으로는 할 수 없었으니까…… 즐겁고, 기뻐. 후훗, 부끄러우니까 크로노스한테는 비밀이야?"

"예 ♪ 우후후, 리아라 언니…… 어쩐지 귀여우세요 ♪"

"정말이지, 놀리지 마렴. ……그럼, 손님을 환대해야겠지? 홍차를 탈 테니까 앉아 있어. 언니, 의외로 잘하니까 ♪"

"와아…… 기대돼요, 리아라 언니 ♪"

오랜만에 여동생과 만나서 리아라의 마음도 온화하게 풀렸다.

실내의 테이블 의자에 메이가 앉는 것을 지켜보고, 리아라는 선언했다시피 홍차 준비를 시작했다. 방에 있는 난로에서 불을 빌리고 램프를 이용하여 물을 끓이기 시작했다.

남은 것은 물이 끓기를 기다리는 것뿐──이지만, 그때.

"역시 이런 시간에는, 한가하네요. 후우………… 꺅?!"

살짝 앞으로 숙인 순간, 갑자기 엉덩이에 무언가 닿은 것 같은 감촉이 있었다. 하지만 등 뒤에는 아무것도 없었다. 물건 하나도 놓여 있지 않았다.

기분 탓인가, 외풍이 스치고 지나간 것일까.

리아라가 고개를 갸웃거리는데, 메이도 마찬가지로 고개를 갸웃거리며 말을 건넸다.

"? 리아라 언니, 지금, 뭐라고 하셨나요……? 왜 그러세요?"

"어? 아, 아니, 아무것도 아니야. 기분 탓──아앙?!"

"?! 리, 리아라 언니, 왜 그러세요?!"

이번에는 기분 탓이 아니었다. 메이가 걱정할 정도로 소리를 지르고 만 리아라는, 분명히 한순간 누군가가 엉덩이 왼쪽을 주무르는 것을 느꼈다.

아니, 의문의 감촉은 아직 사라지지 않았다. 이번에는 아래에서 위로, 등의 곡선을 따라서 덧그리듯이 스윽──, 문지르고.

"가, 간지러…… 히, 햐웅?!"

"리, 리아라 언니…… 혹시, 몸이 안 좋으신가요? 괜찮으세──?"

"앗! 메이, 오면 안 돼!"

"꺅? 리, 리아라 언니……?"

지금 메이가 다가온다면 그녀에게도 피해가 미칠지도 모른다. 그것만큼은 피해야──게다가 동생에게, 동생에서 이런.

"으, 으으, 으…… 싫어♡"

한심한, 부끄러운 표정을 보여줄 수는 없었다.

언니의 마음을 헤아렸는지 솔직하고 순진한 메이는 걱정하면서도 다시 자리에 앉아주었다.

한편, 리아라의 마음 따윈 모르겠다는 듯, 의문의 마수는 리아라를 계속 덮쳤다. 조금 전 이상으로 대담해진 기분이 드는 것은, 메이가 오지 않는다는 사실을 알았기 때문일까.

"아, 시, 싫어…… 히, 응♡ 웃, 웃~…… 응♡ 흐웃, 흐웃…… 웃. ……응, 으으응♡"

조금이라도 목소리를 흘리지 않도록 필사적으로 입을 막았지만 헛된 저항에 불과했다. 몸의 마디마디를, 민감한 곳을 차례차례 쓰다듬고 문질러 자극했다.

감촉이 있는 부분을 손으로 뿌리치려고 하자, 닿은 감각은 일시적으로 사라졌다.

하지만 다음 순간에는, 또 다른 부분에 닿는 것이었다. 보이지 않아서야 끝이 없었다.

그럼에도 이렇게나 닿는 감촉이 있는데도――주위에는 역시 아무도 없었다. 리아라는 점점 불안해졌다.

'설마, 설마…… 정말 아무도, 저를 만지지 않는데…… 만지고 있는 것처럼, 응! 느, 느껴버리는 건…… 제, 망상? 크로노스의 '조교' 때문에…… 너, 너무 민감해져버려서? ……아, 아뇨, 아니에요!'

리아라는 스스로를 의심할 뻔했지만, 시선을 간신히 내리자 마구 짓이기는 것처럼 형태를 바꾸는 자신의 가슴이. 망상이라면 이렇게 되지는 않을 터.

그러나 생각에 잠긴 사이에도 정확하게 민감한 곳을 공략하고 약한 부분을 자극했다. 마치 리아라의 약점을 꿰고 있는 것처럼――꿰고 있다?

설마, 그렇게 눈을 크게 뜬 리아라가 쭈뼛쭈뼛, 천천히 입을 열었다.

"……크, 크…… 크로노스?"

"──여어, 이제야 불러주는구나, 귀여워귀여워, 리아라─?!"

"꺄, 꺄아아아악! 크, 크로노스?! 어, 목소리만, 어…… 뭔가
요─?!"

어디선지 모르게, 아니, 바로 뒤에서. 크로노스의 목소리가 들
렸다.

하지만 돌아보면 그곳에 크로노스는 없고, 그렇다고 《통신 마
법》도 아니었다.

아무것도 없는 공간을 빤히 응시하며 리아라가 손을 움직여보
자.

"크, 크로노스, 거기 있는 건가요? …… 꺄악?! 이, 있어요, 있
어요─?! 어, 어째서?! 그게, 아무것도 안 보이는데…… 히얏, 여
기도, 크로노스 몸의 감촉이에요?! 여기도, 여기도, 여기도?!"

"우오. 오, 그래그래. 화, 확인하고 싶다는 건 알겠지만, 대담
하구나 리아라?"

"예? 무, 무슨 말을…… 아니, 그러니까 어떻게 된 건가요, 이
거─?!"

아직도 모습을 확인할 수 없어서 리아라가 당황한 사이, 뒤에
서 동생 메이도 크로노스가 있을 것으로 여겨지는 장소에 말을
걸기 시작했다.

"저, 저기…… 거기에, 계시는 건가요? 으, 으음…… 크로노스
님?"

"오~, 메이. 이것 참, 메이도 오랜만이네. 뭐, 나는 사실 아까

부터 보고 있었지만. 후하하, 전에 봤을 때보다 조금 컸을까?"

"저, 정말인가요? 기뻐요♪ ……하지만, 으으…… 모처럼 오랜만에 만났는데, 크로노스 님의 얼굴을 볼 수 없다니…… 메이, 섭섭해요……."

"이 무슨 귀여운 말을 하는지. 에—잇, 기다려. 슬슬 효력이 떨어질 때가 되었으니까. 오, 말하는 동안에, 자—."

크로노스의 목소리가 신호인 것처럼, 마치 그 부분만 안개가 걷히더니, 서서히 그의 머리부터 나타나기 시작했다.

정말로 크로노스였다. 조금은 불안했던 리아라가 그에게 말을 건네는, 가 싶더니.

"앗…… 크, 크로노스. 정말, 대체 어떻게——꺄아아아아아악?!"

"우와. 왜 그래, 리아라. 아까부터 기운이 넘치네. 뭐, 기운 넘치는 건 좋은 일이지만."

"아니, 그럴 때가 아니잖아요?! 옷은…… 옷은 어쨌나요—?!"

리아라가 놀라는 것도 어쩔 수 없으리라. 모습을 드러낸 크로노스는 전라——전라였다.

얼굴이 뜨거워지는 것을 느끼고 허둥지둥하는 리아라.

하지만 갑자기 불쑥 튀어나온 있는 그대로의 크로노스와 직면하고 상태가 이상해진 것은 동생 메이도 마찬가지.

"꺄, 악…… 크, 크로노스 님? 후, 후와와…… 아우. 나, 남자의, 몸…… 보는, 건, 처, 처음이에요…… 이, 이런 식으로, 되어…… 후와……."

"! 메, 메이!"

순진무구한 메이에게 이런 터무니없는 것(실례)을 보이게 되다니.

언니로서 지금은 동생을 감싸야 한다며 리아라는 소리 높였다.

"메이, 무섭겠지. 하지만 안심해, 언니가 어떻게든 할 테니까! 자, 눈에 안 좋으니까, 저쪽으로 돌아서——."

"저기——, 크로노스 님…… 조금만 만져봐도, 괜찮을까요?"

"괜찮을 리가 없잖아——?! 무슨 말을 하는 거야, 메이?!"

"꺄악?! 어, 어째서 언니가 대답을…… 하, 하지만하지만 저, 넘치는 호기심을 억누를 수가 없는데요……?"

"그런 호기심, 억눌러, 완전히 으스러뜨려! 떽——떽, 이야!"

동생을 혼내는 언니 리아라. 하지만 수많은 악의 근원 크로노스는 태평하게.

"이것 참——, 메이는 그거구나, 굉장하네. 터무니없는 적응력과 호기심이야. 장래가 유망해. 왓핫핫."

"왓핫핫, 이 아니라고요?! 그보다 크로노스도 이제 그만 뭔가 입든지…… 적어도 걸치세요!"

"으음. 목욕탕 같은 데서도 흘끗흘끗 보던 주제에, 아직도 부끄러운 건가. 귀엽네. 그건 그렇고, 무언가라고 그래도 말이지."

이미 봤다시피 완전한 알몸인 크로노스, 실오라기 하나 가지고 있는 기색도 없었다.

어쩔 수 없이 무언가 여기 있는 것으로 크로노스의 저것과 그것을 가리려고 했다, 만.

"시트, 는…… 으으, 이럴 때에 거의 다 세탁 중이에요…… 으, 으으~읏…… 아아, 정말이지. 이거라도 허리에 감으세요! 자, 빨리!"

"응? 아니, 이건 네글리제잖아. 설마 속옷을 주다니. 나중에 어떻게 할까? 안 빨고 그냥 돌려주는 편이 낫나?"

"북북 빨아서 돌려주세요! 아니, 그냥 뭣하면 안 돌려줘도 되는데요!"

"오—, 괜찮겠어? 나라고? 대체 무슨 일에 쓸지 알 수 없다고~?"

"역시 돌려주세요?! 그 아이(네글리제)가 어떤 모습이 되더라도—?!"

리아라도 이상한 소리를 한다는 자각은 있지만, 크로노스는 가볍게 웃으며 받은 네글리제를 허리에 감았다.

……자기가 줘놓고 뭣하지만 거의 알몸인 크로노스가 자신이 항상 입는 네글리제를 허리에 두른 모습을 보니 도저히 가만히 있을 수가 없는 기분이 들었다.

어쩐지 근질근질하고 묘한 심경을 얼버무리고자, 어쨌든 리아라는 중요한 사실을 물었다.

"……그, 그래서. 대체, 좀 전의 그건 뭔가요? 크로노스가 보이지 않았다……고 할까, 그게…… 투명인간이 되었던 것 같은…… 그, 그 현상은?"

"! 큭큭큭, 잘 물어봤어. 왜, 전에도 말했잖아? 새로운 '조교'를 해주겠다고. 그 형태 중 하나가 지금의 '투명화'야!"

"새, 새로운 '조교'? 그럼 지금 그것도…… 《노예 성구》나 《낙인 마법》의 힘인가요?"

"아쉬워. 반은 정답, 반은 오답이네. 《낙인 마법》은 맞지만, 훗훗훗, 정답은――이 녀석이야!"

"어, ……뭔가요?! 그, 그건――!"

크로노스가 득의양양한 표정으로 내민 물건을 보고 리아라는 놀라서 소리 높였다.

"'주술약'―― '주술약' 아닌가요?! 어, 어째서 그런 위험한 물건을…… 앗?! 설마 피오나가 전달했다는 물건이……?!"

"그래, '주술약'이지――만, 그것과도 좀 달라. 이 녀석은 이 몸의 《낙인 마법》으로 정화되고 힘을 얻어 새로이 태어났어. 그래, 이름하야――!"

득의양양한 표정 위로 더더욱 득의양양한 표정을 띠고――크로노스가 당당하게 이야기한 것은.

"《노예 성약(聖藥)》―― 이것이야말로 새로운 '조교'를 위한, 중요 아이템이야――!"

짜자―안, 자신만만하게 이야기하는 크로노스를 상대로 떡하니 입을 벌린 리아라.

어리둥절한 리아라를, 허나 여전히 패스하고 크로노스는 계속 설명했다.

"물론 능력은 '투명화'만이 아니라 여러모로 연구 중이지만―― 우선 실험은 성공인 것 같네. 그래도 투명화의 경우에는 일일이 옷을 벗어야만 한다는 게 귀찮――."

"크로! 큰일, 큰일!"

"으음! 노노, 왜 그래 왜 그래?!"

갑자기 (노크도 없이) 리아라의 방으로 뛰어든 노노가, 네글리제 하나를 허리에 감고서 우뚝 서 있는 크로노스를 향해 용건을 입에 담았다.

"알몸이 아니라서, 아쉬운…… 게 아니라. 크로, 《노예 성약》 말인데…… '투명화'의 힘, 여신의 기적. 그래서, 옷도 함께, 투명해진대. 벗지 않아도, 된다나 봐. 큰일, 아쉬워."

"뭐라고. 확실히 아쉽네, 살짝 버릇이 되어버릴 것 같았는데. 하지만 뭐, 귀찮은 과정이 필요 없다는 건 좋은 일인가. 와하하."

웃을 상황인가. 여전히 크로노스는 다양한 의미로 터무니없지만, 그가 다음으로 꺼낸 말은 더더욱 '너무도 터무니없는' 이야기였다.

"자, 새로운 조교 굿즈 《노예 성약》의 힘을 실증할 수 있었는데── 좀 더 테스트 해야겠지! 그러니까, 다녀올게! 큭큭큭, 또 보자고, 내 귀여운 너희들──!"

그리 말하며 이미 《노예 성약》을 사용한 크로노스의 몸이 또다시 사라지고──아직 어리둥절하던 리아라가 그제야 간신히 정신을 차렸다.

"어? ……헉, 잠깐, 크로노스?! 설마, 루아 씨랑 아테나 씨를 노리고?! 기, 기다려요! ……그보다도, 그보다도!"

흘끗 살펴보자 멋대로 열린 문, 다시 말해 방을 뛰쳐나간 투명 상태의 크로노스.

그런 그를 향해서 리아라는 입을 크게 벌리고,

"어차피 투명해질 거라면——제 네글리제, 돌려달라고요——?!"

필사적으로 외치며, 멀어지는 발소리를 쫓아가는 것이었다.

■ ■ ■

《노예 성약》을 사용하여 투명인간으로 변한 크로노스는 저택 복도를 달려갔다.

등 뒤에서는《공주 노예》리아라가 쫓아오는 기척이 느껴졌다. 혹시 좀 더 조교를 원하는 걸까, 그런 생각도 하고 다른 것도 하면서.

하지만 이런 일은 차례차례. 리아라한테는 미안하지만 지금은 다음 표적을 노려야지——그리 생각하자 상대 쪽에서 찬스가 저절로 굴러들어오니 신기했다.

크로노스의 진행 방향에는 좋은 엉덩이의 소유자, 루아가 있었다.

"정말이지, 오늘도 멋들어진 엉덩이잖아! 주인을 포동포동하게 유혹하는 좋은 엉덩이지만 바람직하지 않은 엉덩이를, 지금이야 말로 처벌해주겠어——!"

"좋은 엉덩이라느니 바람직하지 않은 엉덩이라느니, 제멋대로 말하지 말라고요?! ……아니, 어, 어라? 크로노스 씨의 목소리, 들린 것 같은데…… 기분 탓인가——꺄아아아악?!"

분노에 불타는 좋은 엉덩이를 엇갈리자마자 주물렀다. 루아는 돌아보고 확인하려 했지만 투명화된 지금의 크로노스를 볼 수는 없을 것이다.

　두리번두리번 주위를 둘러보고 곤혹스러워하는 루아의 등 뒤로 다시 돌아가서.

　"……피, 피곤한 걸까요? 으으, 어제도 철야해버렸으니까…… 하지만 하필이면 엉덩이를 주무르는 '기분 탓'이라니…… 저, 전설마 사실은──."

　"무리하지 말고 밤에는 제대로 자라고 했잖아───! 철야나 하는 나쁜 아이는, 벌로 엉덩이를 주무르는 것이야말로 진리임을 알려주지! 엉덩이라고!"

　"흐까아아아악?! 여, 역시 있는 거군요, 크로노스 씨?! 이, 이 녀석…… 이 녀석, 이에요! 오늘만큼은…… 어라, 어라? 어, 어디?!"

　아무것도 없는 공간을 붙잡으려고 홀로 춤을 추는 것 같은 루아.

　크로노스는 이미 그 자리에 없었다. 투명화 상태는 히트&어웨이가 필승법. 리아라도 이 전법을 취한 크로노스를 붙잡지는 못했다.

　그리고 바로 그 리아라가 쫓아온 목소리가, 루아와의 대화로 들렸다.

　"루아 씨, 비명이 들렸는데 괜찮아요?! 크로노스는, 어디에?!"

　"리, 리아라! 으으, 모, 모르겠어요, 안 보이니까…… 하지만 리아라가 그쪽에서 왔다는 건…… 통로 저쪽편이…….""

　"! 과연, 그렇군요…… 으음."

　총명한 리아라, 의외로 감이 날카로운 편도 있는지 크로노스

쪽을 보는 것처럼 느껴졌다.

　이대로 통로를 똑바로 도망치는 것은 상책이 아니다. 다행히 주방의 문은 활짝 열려 있었다. 혹시 안에 누군가 있는 걸까.

　'주방이라면, 아마도—— 크큭, 좋아, 여기선 도망치자. 기대되는구나, 후하하하.'

　마음속으로 드높이 웃으며 크로노스가 살금살금 주방으로 들어가자.

　"음, 으음~…… 저기 열려 있는 문이 수상하네요…… 좋—아. 기다려요, 크로노스—! 오늘만큼은 놓치지 않는다고요—?!"

　역시 리아라, 쫓아오기는 했지만 이 또한 예상한바.

　크로노스가 주방에서 상상하는 '조교'—— 다음 싸움의 무대는, 이곳이다.

　■ ■ ■

　주방으로 들어간 크로노스가 달그닥 소리를 내고 말자, 안에서 부지런히 요리하던 선객이 살짝 고개를 들었다.

　"? 지금 뭔가…… 소리가? ……기분 탓일까……."

　그렇다, 크로노스가 예상했다시피 선객은 아테나였다. 한순간 소리를 신경 쓰기는 하는 모양이었지만, 금세 요리에 다시 집중하는 그녀에게 크로노스는 살며시 다가갔다.

　발소리를 죽이고 신중하게, 그녀에게 접근해서—— 귓가에 속삭였다.

"——아테나, 아테나, 들립니까. 나는 지금 직접 네 귀여운 귀에 이야기를 하고 있습니다——."

"……히얏?! 크…… 크로노스 님? 어, 어, 안 보여요……. 어?"

"후후후, 《노예 성약》을 이용한 투명화——새로운 '조교' 중 하나야. 이런, 설명은 뒤로하고 숨겨주지 않을래? 내가 있다는 거, 절대로 들키면 안 된다고?"

"어…… 무, 물론, 크로노스 님을 위해서라면…… 화악. ……그런데 숨긴다……?"

아직 무슨 뜻인지 이해 못 하는 듯했지만, 그 해답은 금세 기세 좋게 뛰어들었다.

"크로노스—?! 어딘가요, 숨지 말고 나오라고요—?!"

"아…… 리아라 양? 그, 그렇군요…… 알겠어요…….."

역시나 오랫동안 알고 지낸, 뒷바라지를 잘하고 귀여운 아테나. 금세 헤아려준 듯했다.

지금 막 들어온 리아라도 요리 중인 아테나의 존재를 깨닫고 말을 건넸다—— 자, 지금부터가 이번 '조교'의 진수.

"앗, 아테나 씨! 저기, 크로노스가…… 으음, 의미 불명일지도 모르겠지만 투명해져서…… 그래서 어딘가에 숨어 있는데, 여기로 오진 않았나요?"

"아…… 으, 으응, 리아라 양. 나는 몰——꺄앙?!"

"예? 아, 아테나 씨, 왜 그러세요?"

그만 비명을 지른 아테나를 보고 리아라가 의아해했다.

하지만 어째서 아테나가 소리를 내고 말았나——그것은 아테나 자신이 원인을 향해 작은 목소리로 언급했다.

"웃, 저, 저기, 크로노스 님…… 어, 어째서 허벅지를 쓰다듬고…… 그, 그렇게 했다가는…… 발견되어 버린다고요……?"

"오오, 그건 큰일이지. 그럼 발견되지 않도록──참아주지 않겠어, 응?"

"……웃?! 세, 세상에…… 무리에요, 크로노스 님, 아…… 앙♡"

말로는 비난하고 있지만 목소리는 점점 요염해졌다.

그런 아테나가 수상쩍은지 리아라가 의심의 시선을 보냈다.

"저기, 아테나 씨, 어쩐지 상태가 이상한데요…… 설마, 거기에."

"! 으, 으응, 아니……지 않고, 이건, 저기, 그게……♡"

변명하려는 아테나의 긴장한 예쁜 엉덩이로 크로노스가 손을 움직였다. 긴장한 탓에 손이 미끄러지고 만 것이었다. 어쩔 수 없다, 이건 어쩔 수 없다.

자, 그럼에도 감싸주는 갸륵한 아테나가 간신히 짜낸 변명은.

"아까, 후…… 후추 열매! 가…… 갈아낸 걸, 그대로 씹어버렸, 어♡"

"어, 어째서 그런 고행을?! 아테나 씨, 괜찮으세요?!"

"요, 요리는…… 맛을 보는 게, 중요하니까……. 웃! 웃♡"

"그, 그런가요? ……저, 저기, 그럼…… 혹시 모르니까, 주방 어딘가에 숨어 있지는 않은지 찾아볼게요. 여긴 넓으니까 숨을 장소도 있을 것 같아요."

"응♡ ……나, 나는, 요리를 계속할게…… 천천……히♡"

아테나의 말을 믿어 가늘게 새어 나오는 교성은 후추의 뒷맛 때문에 고통스러운 것으로 해석했으리라. 두 사람의 아름다운 신뢰관계에 감사하며 크로노스는 더욱 격렬히 손을 움직였다.

"웃?! 아, 안 돼, 안 돼요, 크로노스 님…… 앙♡ 리, 리아라 양, 있으니까, 후앗♡ 드, 들켜버려…… 웃, 거, 거긴, 거기만은——♡"

허벅지에 둔부, 공략하는 것은 하반신만이 아니었다. 등에서 옆구리로 애태우듯 움직이고, 옆에서 가슴으로 손을 미끄러뜨렸다.

리아라 때는 붙잡히지 않으려고 건드렸다가 피하는 히트&어웨이 전법을 고집했다. 하지만 아테나에게는 (살짝 일방적으로) 허가를 받았다.

그래서 아테나의 조교는 중점적이며 공을 들여서 진행할 작정이었다.

집중해서 쾌감을 증폭시키자 이윽고 아테나는 무릎에 힘이 들어가지 않아 조리대에 손을 짚지 않고서는 서 있을 수 없을 정도였다.

새빨갛게 달아올라 녹아내릴 것 같은 표정을 감추려고 고개를 숙인 아테나에게——주방을 모두 찾아봤는지 리아라가 말을 건넸다.

"……으——음, 아무래도 여기에는 없는 모양이에요. 죄송해요, 아테나 씨. 요리를 방해해서…… 저는 또 크로노스를 찾으러 갈게요."

"웃♡ 으, 응, 괜찮아……♡ 여, 열심히, 해……♡"

"예, 감사합니다. 자——, 그럼 다음 장소로——…….."

주방 밖으로 나가는가 싶더니──리아라는 갑자기 멈춰 서서 문을 닫고.

"……갈 거라고 생각했나요? 저기──크 · 로 · 노 · 스?!"

"……후엣?! 리, 리아라 양, 무슨 소리…… 앙♡ ……일까……?"

"이미 완전히 들켰다고요, 저도 그거 당했으니까! 아테나 씨까지 말려들다니…… 크로노스! 얌전히 오라를 받으세요─?!"

성큼성큼 다가오며 아테나의 등 뒤── 즉 크로노스를 검지로 척 가리키는 리아라. 그러자 타이밍이 좋은 것인지 나쁜 것인지, 투명화도 제한 시간이 된 모양이라.

다시 서서히 모습을 드러내며 크로노스는 경쾌하게 웃음을 터뜨렸다.

"오오, 아쉽네, 타임 오버인가. 후하하, 꽤 하잖아, 리아라. 감탄했어!"

"그건 참 고맙네요! 하지만, 그냥 포기하세요~……?! 이번만큼은 장난이 지나쳐요! 제가, 이 손으로……!"

"오, 어떻게 하게? 어떤 벌을 줄 생각인지, 조금 흥미가 있는데."

"어. ……그건, 으─음…… 때, 때릴 거예요! 가, 각오하세요, 아플 테니까요! 에잇, 에잇, 어떤가요! 에─잇!"

"오─. 끄, 끄악─, 어째서 따귀야. 히익, 그건 아니잖아, 끄─악─."

"그, 그래요, 아프죠! 그 아픔이 우리가 느낀 굴욕이에요! 에잇, 반성하세요, 에─잇!"

리아라의 무시무시한 벌칙을 의성어로 표현한다면—— 찰딱, 찰딱이었다. 솔직히 아프기는커녕 그저 귀여울 뿐인 포상이었다.

행복과 아늑함밖에 느껴지지 않았다. 이것이 그녀들이 느낀 것이라면 또 실컷 해줘야겠지, 크로노스가 굳게 결의하는데——그때, 또다시 노노가 나타나서.

"——크로—. 잠깐, 큰일—. 일단, 보고—."

"꺅?! 노, 노노 씨?! 어쩐지 데자뷔가 느껴지네요…… 하지만, 좀 전을 생각하면 그렇게 중대하지는 않을 것 같지만…… 이번에는, 무슨 일이세요?"

크로노스를 때리는 손길을 멈추고 리아라가 고개를 갸웃거리자, 노노는 태연하게 말했다.

"뭔가—— 도적 집단, 여기로……《노예 왕국 크로노스》, 습격하고 있대."

"그런가요—………… 어, 도적? 습격?"

너무도 가벼운 노노의 보고에 리아라도 반응이 늦어졌지만, 다시금 눈을 동그랗게 떴다.

상황을 이해했는지 리아라의 안색이 바뀌고 황급히 크로노스에게 따졌다.

"크, 크…… 큰일이잖아요?! 뭘 그렇게 차분하게…… 크, 크로노스! 서둘러서 여길, 지켜야——."

"흐—응, 도적, 도적이라. 뭐, 그러네. 조금 큰일이려나. 하하하."

"어어어, 크로노스까지 가벼워요—?! 얼마나 중대한 일인지 알고는 있는 건가요?!"

리아라는 이렇게 말했지만, 글쎄 이것이 얼마나 중대한 사태라는 것인가.

크로노스는 히죽 웃고, 자신들이 여유로운 이유를 가르쳐주고자 그녀에게 말했다.

"그러네, 좋—아. 그럼—— 처리하러 가기로 할까. 리아라, 따라오도록 해!"

"아, 예! 저도…… 《신검 아리에스》는 없지만 신술(회복 마법)과…… 《노예 성구》로 최대한 도울게요! 여러분을, 지키기 위해——."

"어, 아니. 그렇게 어깨에 힘은 안 줘도 괜찮을 거라고? 게다가 리아라도 이미 충분히 **도와주고 있으니까** 말이지. 후하하—."

"예? 그, 그건 대체 무슨 뜻…… 어, 앗."

크로노스의 말에 담긴 의미에, 리아라는 무언가 짚이는 바는 없는 모양이다. 만—— 크로노스의 모습을 응시하고, 잠시 침묵.

그리고 하나의 목적을 떠올렸는지 떨리는 목소리로 꺼낸 말은.

"크로노스…… 그런 차림으로, 싸울 생각은 아니겠죠……? 일단…… 제 네글리제를 돌려주고 제대로 옷을 갈아입으라고요—?!"

크로노스도 그 말을 듣고서야 간신히 깨닫고, "이건 안 되지"라며 중얼거리는 것이었다.

■ ■ ■

쳐들어오는 도적과의 거리는, 《노예 왕국 크로노스》로 통하는 문에서는 아직 멀었다.

굳이 문 앞까지 나와준 크로노스와 '이 몸의 귀여운 노예'들이, 아직 콩알처럼 보이는 도적의 집단을 조용히 응시했다.

그런 가운데, 긴장하면서도 용감하게 옆에 서 있는 리아라가 말을 건넸다.

"마, 말에 탄 사람도 있어요…… 마적, 일까요. 숫자도 상당히……. 《신국》에서는 '주술약'의 괴물도 쓰러뜨렸으니까……《노예 성구》라면 괜찮겠죠?"

"그래, 여유롭지. 하지만 수십 명, 은 되나. 으—음, 저건——."

"아, 예. 역시나 고전할 것 같네요…… 하지만 저, 열심히 할——!"

"도적 따위가, 얕보는 게냐. 천 명은 데려오라는 느낌이야."

"어, 어어엇?! 아니, 무슨 말인가요, 이쪽은 《노예 성구》가 있다고는 해도 고작 다섯 명이라고요?! 저, 적어도 피오나의 손도 빌려서……."

리아라의 말대로, 싸우러 나온 것은 크로노스와 리아라, 그리고 아테나, 노노, 루아뿐이었다. 피오나는 메이를 지킨다는 이유도 있어, 본거지 안에서 대기토록 했다.

하지만 설령 피오나가 더해지더라도 여섯 명. 적에게는 미지인 《노예 성구》가 있다고 해도 단순한 물량 차이는 미처 메울 수 없다.

그렇다, 《노예 성구》가 있다고 해도—— 리아라는 그렇게 말했다, 만.

"괜찮아, 리아라──《노예 성구》와 평소에 쌓은 '조교'를, 믿어."

"! 크, 크로노스…… 예──아니, 진지한 느낌으로 말해도, 그냥 넘어가진 않으니까요?! 평소에 쌓은 '조교'가 대체 뭔데요! 전혀, 하나도 안 멋있으니까요─?!"

"푸하하, 평소의 분위기로 돌아왔네. 잘 됐어── 자, 슬슬 온다고?"

"어. ……꺅! 저, 정말이에요, 이쪽으로 와요……!"

안식처에 매달리듯 기본 장비인 딜도를 꼭 붙잡는 리아라. 굳이 반복한다. 매끈매끈 부드러운 손으로, 미소녀 《공주 노예》가 딜도를 꼭 붙잡았다.

그 광경을 지켜보고 느긋하게 만족한 크로노스의, 장기인 청력에──땅을 뒤흔들 기세로 달려오는 도적들의 더러운 목소리가 닿았다.

"헷헷헷, 《여신마저 포기한 땅》이라고는 해도 인간이 있다면 있을 건 있겠지…… 남김없이 짜내주자고!"

"그보다도 저기 봐…… 엄청난 미녀가 늘어서 있는데?! 어이어이, 진짜냐!"

"핫하─! 이미 이겼다고! 잔뜩 즐긴 다음에 팔아치워주마─!"

욕망을 훤히 드러낸 짐승들의 탁한 목소리── 이에 크로노스, 오랜만에 열 받았다.

겁쟁이 루아의 경우에는 과민하게 반응하는지 "히엑" 하며 겁먹었다. 다만 다가오는 도적의 무리를 향한 공포가 아니라 크로노스를 보고 겁먹은 것이었다.

그런 사실은 모르고서 전방에 집중한 리아라의 귀여운 자그마한 어깨에, 가볍게 손을 얹고.

"리아라, 자~알 보고 있어. 큭큭큭── 이제 곧이야."

"……예? 크, 크로노스, 이제 곧이라뇨……?"

리아라가 그를 올려다보고 도적들의 모습이 서서히 크게 보이는 가운데, 한마디.

"분수를 모르는 벌레들의── 비참한 말로야."

크로노스가 중얼거리는 것과 거의 동시에──전방에서 폭발이 일어났다.

"핫, 하──하갸아아아악?!"

"뭐, 뭐야?! 대체 무슨 일이 벌어…… 끄, 끄에에에에?!"

폭발은 한곳에서만 일어난 것이 아니었다. 도적들이 내디딘 땅, 나아가려는 방향, 그야말로 수십은 되는 도적 하나하나에게 고지식할 정도로 재앙이 쏟아졌다.

이 사태를 보고 리아라는 어안이 벙벙했지만 설마, 라며 금세 목소리를 높였다.

"이, 이건, 함정…… 그것도 이런 마법 같은 현상은……《노예 성구》인가요?!"

"──바로 그거야! 좋~아좋아, 리아라는 귀여운 데다가 총명한 아이구나~."

"어, 어어, 그런, 에헤헤……♡ 아니, 그럴 때가 아니고요! 대, 대체 어떤 《노예 성구》를 사용해서……?"

"훗, 신경 쓰이나. 그렇다면 가르침을 주지. 그 정체는——이 녀석이야!"

"그, 그건! ……어, 그건…… 로, 로터인가요?"

리아라의 말대로 바로 얼마 전, 그녀를 조교할 때에도 사용한 핑크색 로터였다.

그것을 확인한 리아라가 살짝 겁을 먹으면서도 기세 좋게 이야기했다.

"저, 저, 저런 폭발을 일으키는 물건을 저한테 썼나요?! 무서운데요—?!"

"후하하, 그럴 리가 없잖아. '조교'는 어디까지나 힘을 모으는 과정이야. 아니, 설령 힘이 가득 차더라도 저 로터가 이 몸의 귀여운 노예들에게 해를 가할 일은 없어."

"예? 그, 그건…… 어째서죠?"

솔직하게 건넨 리아라의 의문에 크로노스는 고개를 끄덕이며 여유롭게 설명했다.

"저 로터는 말이지, 이곳 《여신마저 포기한 땅》 주위, 곳곳에 묻혀 있어. 하지만, 예를 들면 야생 동물 같은 게 지나가도 폭발하진 않아. 왜냐면 야생 동물한테는 적의가 없으니까."

"적의? ……앗! 그러니까 로터는 적의에 반응해서 폭발하는 건가요?!"

"후핫, 바로 그거야! 정말로 이해가 빠르구나,《공주 노예》! 엄밀하게는 적의나 해의(害意), 살의 같이 악의나 사악한 마음을 가진 자가 다가오면 그에 반응하여 진동, 능력이 발동하는 거야. 그런 구분이 자동으로 되지 않는다면 왜, 피오나랑 메이도 이 본거지에는 도착하지 못했을 거라고."

확실히 그렇군요, 라며 순순히 고개를 끄덕이는 리아라를 보고 크로노스는 만족하며 조금 더 설명을 보충했다.

"게다가 일으키는 현상은 폭발만이 아니야. 자, 저기 봐."

지금도 '로터의 함정'에 계속 희롱당하는 도적들을 가리키자 그곳에서는.

"제, 젠장, 나가지를 못해, 그러기는커녕, 죽어버…… 히익, 불, 히이이이?!"

"뭐, 뭐야?! 아무것도 없는 곳에서 불길이…… 갸, 갸아악?!"

"……브엑?! 이, 이쪽에서 동료가 얼어붙었다고?! 어떻게 된 거야, 이건?!"

폭발에 날려가는 자, 불꽃에 휩싸인 자, 얼음덩어리가 된 자──다양한 현상이 벌어지는 그 술법을, 크로노스는 설명했다.

"가장 스탠더드한 핑크 로터는 '폭발'. 빨강, 그러니까 레드 로터는 '불꽃'이고, 블루 로터는 '빙결'. 능력을 다양하게 만드는 데도 목적이 있거든. 뭐, 녀석들 같은 잔챙이들을 다양한 방법으로 괴롭힐 수 있다는 것만으로도 나쁘지 않지만."

그 목적 역시도, 멋들어지게 계속 희롱당하는 천박한 도적들이 공포를 그대로 담아 외쳤다.

"이, 이런 일이, 있을 수 없어…… 보통 일이 아니라고—?! 부, 분노야……《여신》님께서 분노하신 거야?!"

"그래, 여긴 《여신마저 포기한 땅》…… 애당초 이런 장소에 저런 훌륭한 여자들이 있다는 것 자체가, 어찌 생각해도 이상하잖아!"

"아, 악마다…… 저 녀석들도 악마인가?! 도, 도망쳐라아아아아!"

끝내는 도주, 앞다투어 도망치는 도적들을 지켜보며 크로노스는.

"뭐, 이거야.《노예 왕국 크로노스》의 발전이 외부에 알려지지 않고 아직껏 《여신마저 포기한 땅》으로 불리는 것도, 모르는 사람에게는 동티나 저주처럼 여겨지는 현상이 소문의 형태로 전해진 거겠지. 뭐, 이 몸의 귀여운 노예들을 악마 운운하는 건 죽어 마땅하지만——그만큼의 벌은 조금 더 받아내고."

도적들은 도망치려던 곳에서도 아직 폭발에 휘말린 상태였다. 자비도 사랑도 없고, 지성도 이성도 품성도, 손톱만큼도 없을 법한 무법자들이 입을 모아 소리쳐댔다.

"우, 우리가 대체 뭘 했다고! 그저, 그저 우리는…… 길을 가는 녀석한테서 금품을 갈취하거나, 약해 보이는 녀석을 노려서 가진 걸 전부 털거나, 상단을 발견해서는 약탈을 벌이거나, 그렇게 열심히 도적 일을 생업으로 했을 뿐이잖아—!"

"그리고 지금 막 빼앗고 유린하려 했을 뿐인데, 어째서 이런 지독한 꼴을?!"

"젠장! 우리가…… 우리가 대체 뭘 했다고오오오!"

그렇구나. 그들도 그들 나름대로 열심히 했구나. 최선을 다했구나.

마음이 넓다고 자부하는 크로노스, 히죽 웃고 고개를 끄덕이며 한마디.

"죽어라, 쓰레기들."

"""갸아아아아아아?!"""

한마디를 내뱉는 것만으로 충분하려나.

결국 궤멸 상태가 된 도적단은 허둥지둥 도망쳤다.

켁, 모멸의 눈빛으로 지켜본 크로노스가 마무리 짓듯 말을 이었다.

"이것이, 《노예 왕국 크로노스》를 수호하는 방어선――수십의 쓰레기 따윈 대수롭지 않아. 단언하지, 일군(一軍)조차 이곳에 손을 대지는 못한다고. 그래, 이것이야말로――!"

펄럭, 망토를 휘날리고 당당하게 나타낸 그 이름은.

"《노예 성구》 '로터의 지뢰밭'――아직까지 뚫린 적이 없는, 무적의 방어선이야!"

"내용을 알아버렸더니, 차라리 동티나 저주 쪽이 나을 것 같은데요―?!"

성실한 리아라는 아무래도 역시나 그렇게 솔직히 받아들이지 못하는 듯했다.

한편, 크로노스와 마찬가지로 익숙한 노노와 아테나가 순서대로 입을 열었다.

"하─. 끝났어, 끝났어. 시시해. 크로, 돌아가자. 돌아가서 알콩달콩, 하자♡"

"후우…… 크로노스 님, 돌아가죠……? 밥 준비, 계속할게요……♪"

별일 아니었다는 듯, 크로노스를 재촉하는 두 사람.

다만 루아만은 리아라를 걱정하여 달려왔는지.

"리아라, 알겠죠, 알 수 있겠죠…… 저도 아직 전혀 익숙해지질 않았어요─! 무서운 건 무서운 거예요, 그렇죠?!"

"루아 씨! 그, 그렇죠? 이런 건, 갑자기 차분해질 수 있는 편이, 더 이상한 거죠?! 특히 크로노스라든지…… 크로노스라든지─!"

무어라 실례되는 소리를 외치고 있지만, 루아와 리아라는 이정도로 마음의 밸런스를 취하는 것일지도 모른다.

여하튼 아무 일도 없이 사태는 해결되었다.

자, 이제는 귀여운 노예들을 데리고 돌아가는 것뿐──…….

■ ■ ■

《여신마저 포기한 땅》을 집단으로 공격하던 도적들이 시원스럽게 격퇴당했다.

가까운 숲에 몸을 숨기고 자초지종을 지켜보던, 그림자 넷.

그것은 아름다운 용모의 미소녀 넷으로 구성된 팀. 《앤젤리카(성천화 기사단)》라고 칭해지는, 가련한 전사들이었다.

그중에 겁을 먹은 소녀가 가냘픈 목소리로 중얼거렸다.

"뭐, 뭔가요. 폭발하거나, 불꽃이 솟구치거나, 얼어붙거나……여, 역시 저것이 《여신마저 포기한 땅》의 저주……?! 무, 무서워요오~……!"

유약한 발언 직후, 다음으로 말을 꺼낸 것은 작은 체구지만 쾌활한 소녀.

"헤헷—, 하지만 뭐, 우리 넷한테도 일방적으로 질 법한 잔챙이 도적이라면 몰라도…… 우리라면 저 정도는 여유야—!"

긍정적인 언동의 소녀를 보고, 서글서글한 미소를 띤 안경 쓴 미녀.

"우후후, 방심하면 안 된다고~? 기껏 도적 여러분을 위협하고 부추겼는데…… 거의 참고가 안 된 거야~. 우리 목적은 좀 더 다른데~."

서글서글한 미소 안으로 요염함과 끝 모를 공포가 섞여 있었다.

세 사람이 저마다 말을 나눈 뒤——전신을 푹 뒤덮는 로브를 쓴 마지막 네 번째 사람이, 감정의 동요가 전혀 느껴지지 않는 냉담한 말투로 말했다.

"——이번 목적은, 저곳."

슥, 천천히 가리킨 곳으로 다른 셋이 즉각 고분고분하게 시선을 향했다.

주목한 것은 네 미녀를 거느린 한 남자—— 그의 이름을, 로브를 쓴 여자는 입에 담았다.

"표적은, 노예상 크로노스."

그리고 중얼거린 말은, 단 하나.

"그를── 토벌하겠어."

그 말을 신호로 다른 셋은 튕기듯 튀어 나갔다.

■ ■ ■

"────절세의 미녀가 있어."

귀환하고자 발길을 돌리던 크로노스가 그리 중얼거리며 반사적으로 돌아봤다.

어리둥절해서 고개를 갸웃거리며 리아라가 머뭇머뭇 말을 건넸다.

"예? 아. 어, 으──음, 크로노스? 그건, 저, 저기~……."

무언가 묻고 싶은 모양이지만 묻지를 못하는 그녀 대신── 물어본 것은 노노.

"크로. 그건…… 노노 말한거야? 그리고, 여기 포동포동 젖소 노예도, 『어~ 그거 저 말인가요~? 정말이지~ 부끄럽다고요오~오~』라고, 묻고 싶었던, 모양이야."

"아, 아니고요, 그런 말투는 안 쓰는데요?! 그, 그게 크로노스, 평소부터 그런 느낌으로 이야기하니까…… 아니, 그러니까 저라고 생각하진 않았는데요?!"

리아라의 변명도 무척 수상쩍지만, 안타깝게도 이번에는 크로노스도 모든 것을 긍정할 수는 없었다.

"아니, 리아라도 노노도 아테나도 루아도. 절세의 미녀이고 이 몸의 자랑스러운 노예야. 그 사실은 틀림없어."

"으갸. ……그. 그러니까 그런 이야기만 하니까…… 아우."

"하지만 리아라, 미안한데──이번에는 아니야. 어딘가에서 우리를 보고 있거든."

"……아, 예? 그런 말을 해도…… 보이는 거라고는 황폐한 땅 뿐이고…… 사람이라고는, 그야말로 아까 도적들 정도밖에…… 어?!"

주위를 둘러보던 리아라가 멀리 누군가의 그림자를 포착한 듯 했다.

크로노스도 확인했다. 달려오는 것은 자못 쾌활해 보이는, 경장갑에 자그마한 소녀.

"악한 노예상 크로노스~~~! 그 목, 내가 받아가겠다~!"

지명하고 드는 소녀의 말에 리아라가 놀라며 크로노스의 팔을 붙잡았다.

"꺅?! 저, 정말로 있었어요?! 크로노스, 어떻게 알고서──."

"──아냐. 귀여운 건 확실하지만, 저 아이는 아냐."

"어, 어? ……아니, 위, 위험해요! 저 아이, '로터 지뢰밭'으 로?!"

조금 전까지 도적 집단을 완벽할 만큼 격퇴한 방어선.

그곳으로 경장갑 소녀가 돌진하려 한다면 다정한 리아라가 걱 정하는 것은 당연── 하지만, 그 걱정은 무위로 돌아갔다.

"헷헤─엥, 탓, 탓, 탓, 타아앗!"

"?! 포······ 폭발을 피하면서 전진하고 있어요?!"

한 걸음, 한 걸음. 경쾌하게 스텝을 밟는 소녀는, 착지하고는 폭발이 일어나기 전에 다른 장소로 이동했다. 신체 능력에 의지한, 너무도 심플한 방법이지만 이것도 하나의 공략법.

게다가 소녀가 빠른 것만이 아니라는 사실을 크로노스는 이미 간파했다.

'경장갑과 속도를 살리기 위해서라고는 해도, 무기를 안 들고 있다는 건―― 안 들고 있어도 되는 이유가 있다는 건가. 그렇다면 아마도 팔다리에 마력을 실어서――.'

"좋~아······ 간다아~~~!"

크로노스의 예상대로 소녀는 오른손에 일점 집중으로 마력을 싣고.

"으――라아아아앗!"

주먹을 땅바닥에 때려 박아 부수고, 묻혀 있던 핑크 로터들을 튕겨냈다.

역시, 크로노스는 그리 확신하며 조용히 중얼거렸다.

"마법의 힘을 이용한 격투가인가. 꽤 한다, 만, 말이지."

폭발을 피하고 대지를 부수더라도, 얼어붙어버리면 어떨까.

"헤헷――햐앗?! 차, 차가워. 으, 위험해, 움직일 수가 없어~?!"

발밑이 얼어붙고 땅에 박은 손까지 얼어, 네 발로 엎드린 자세로 움직임이 봉인된 소녀.

하지만 그때, 아득히 멀리서 솟구쳐 오른 눈부신 빛이 소녀의 몸을 뒤덮었다.

"《여신》님, 힘을 빌려주세요──《여신의 자비》여!"

"! 히야~앗…… 사, 살았어요~!"

햇빛을 받은 것처럼 얼음이 녹고 경장갑의 소녀가 풀려났다.

그것을 행한 자의 정체는 멀리서 간신히 육안으로 확인할 수 있었다.

수도녀 복장을 입은, 어리고 루아 이상으로 유약해 보이는 소녀였다.

"《여신》을 신봉하고 신의 기적을 일으키는 자, 수녀로군. 하지만 저 아이도 아니야."

"그, 그러니까 아니라니 뭐가──."

리아라가 물으려고 했지만 상황은 어지럽게 변화했다.

얼어붙는 '블루 로터'에 이어서 다음에는 '레드 로터'의 불꽃이, 화염의 벽처럼 습격자의 진행 방향에서 막아섰다.

하지만 그녀들의 길을 가로막은 것도 찰나. 갑자기 어디선지 모르게 쏟아진 물줄기가 화염의 벽을 시원스럽게 진화해버렸다.

"우후후~. 굉장한 마법 같지만~…… 불꽃 따윈, 물을 지배하는 내 마법 앞에서는 무의미하다고~? 전부, 전부…… 흘려버리면 될 뿐이야~."

새로이 모습을 드러낸 것은 서글서글한 미소가 끊이지 않는, 마녀가 쓸 것 같은 큰 삼각 모자를 뒤집어쓴 여성. 요염한 미녀지만 허나.

"아니야── 미녀지만, 아니네. 마법은 아마도 동쪽의《마법 대국 엔테》의 유파겠지만."

"저, 정말…… 크로노스, 이제 좀 대답해줘요! 아까부터 아니다 아니다, 대체 무슨 이야긴가요?!"

참다 못 했는지 이번에야말로, 그런 기세로 힐문하는 리아라.

뭐, 당연한가. 그러면서 크로노스는 주위를 계속 경계하며 자신의 말에 담긴 의미를 이야기했다.

"아름답다는 건 그저 외모만을 가리켜서 사용하는 말이 아냐. 예를 들면 리아라, 너는 외모도 궁극적으로 누구에게도 지지 않을 만큼 아름답고, 귀엽고, 매력적이야."

"으나. ……구, 궁, 극…… 아름, 귀엽, 매력……?"

"하지만 아름다운 건 외모만이 아니야. 리아라는 자애가 넘치고, 다정하고, 총명해. 이전에는 너무 순진해서 그 부분을 이용당한 적도 있지만, 그것은 이용한 사람이 잘못이지 순진함은 오히려 장점이라고 할 수 있어. 그리고 회복 마법까지 다룰 수 있으니 능력 역시도 아름다워──."

"이, 이제 됐어요 제 이야기는, 이제 됐으니까──?! 어, 어쨌든 그러니까…… 지금 이 근처에 그런 사람이 있고…… 하지만 그것은 저 사람들이 아니라는 거군요?"

어째선지 얼굴을 새빨갛게 물들인 리아라에게, 크로노스는 간결하게 고개를 끄덕여 답했다.

어딘가에, 있다── 절세의 미녀라고, 불러 마지않을 법한── 특출한 존재가.

하지만 지금 튀어나온 여자들도 상당한 실력자였다. 도적 집단을 순식간에 물리친 '로터 지뢰밭'을 단 셋이서, 서로를 보조하며 공략하고 있었다.

그렇기에 크로노스는 먼저 앞으로 나서며 노노에게 말을 걸었다.

"노노! 준비해줘. 우선은 하나, 붙잡는 거야!"

"! 알았어, 크로. 노노한테, 맡겨♪"

흔쾌히 대답한 노노가 그녀의 전용 《노예 성구》인 밧줄을 꺼내어 자세를 취했다.

이 '로터 지뢰밭' 설치를 고안한 것은 당연히 크로노스.

그렇기에 금세 때가 찾아온다는 사실도 예측할 수 있었다.

그렇다, 지금이 바로——격투가 소녀가 튀어나온, 그 순간.

"음, 또 함정…… 앗?"

그것은 아직 발동한 모습을 보인 적이 없는 노란색 로터의 지뢰—— 그 능력은.

"아, 앗——아바바—앗?! 뀨, 뀨우우~~~……?

번개를 발사하여 감전시키는——그것이 '옐로 로터'이다——!

아무리 빠르더라도 번개까지 피할 수는 없었나보다. 빙빙 도는 눈으로 쓰러지는 격투가 소녀를, 노노가 주저도 틈도 없이 신속하게 붙잡으려고 했다.

"지금, 찬스—— 응, 붙잡았다——!"

노노는 성공을 확신했으리라. 크로노스도 그것은 마찬가지였다.

————하지만.

"…………어?"

노노치고는 드물게도 곤혹스러운 표정을 감추지 못했다.

지금 막 발사한 밧줄이── 탄탄한 《노예 성구》가 잘려나갔으니까.

그것을 해낸 것은 어느샌가 그곳에 서 있었는지 로브를 두른 의문의 인물.

후드를 깊이 눌러써서 로브 아래의 얼굴은 확인할 수 없었다.

그런 인물과 대치하고 크로노스는 가볍게 고개를 가로저었다.

"마침내 와버렸나── 적어도 하나라도 전력을 깎아놓고 싶었는데."

중얼거리는 것과 거의 동시에, 조금 전 격투가 소녀를 덮친 '옐로 로터'의 전격이 로브의 인물에게도 덮쳐들었다.

하지만 로브의 인물은 손에 들고 있던 한 자루 장창을 가볍게 휘둘렀다.

"────핫!"

전격을, 전격을── 잘라버렸다──!

그 광경에 리아라도 다른 이들도 아연실색하여 더는 아무 말도 할 수가 없었다.

크로노스도 역시나 위기감을 느끼며 말을 흘렸다.

"큰일이네. 알고는 있었지만 이 정도일 줄이야."

상식 밖의 강력한 기술을 선보인 인물의 전신을 뒤덮은 로브가 전격의 영향으로 찢어졌다. 그리고 간신히 상대의 모습이 드러나

자, 크로노스는 다시금 입을 열었다.

　"터무니없을 정도의──절세의, 미녀야."

　로브에서 해방된 압도적인 존재감, 미모는 크로노스의 발언 이상.

　앞으로 내린 보브컷 은발에 햇빛이 반사되어 지보(至寶)의 빛을 띠고 있었다. 순백에 한없이 가까운 하얀 피부는 과장이 아니라 정말 빛날 정도의 아름다움을 주장했다.

　그녀의 스타일 또한 무엇을 몸에 걸치더라도 판별할 수 있을 만큼 나긋나긋한 기복이 풍부했다──만, 그런 만큼 억센 칠흑의 갑옷을 입고 있다는 것이 크로노스로서는 아쉬웠다.

　길게 째진 눈은 그녀가 손에 든, 창끝 같은 날카로움.

　그리고 바로 그 창을 보고 아테나가 경악한 목소리를 높였다.

　"……크, 크로노스 님. 저 창, 설마…… 세, 세상에…… 어째서."

　아테나가 놀라도록 만들 정도의 물건, 크로노스가 모를 리는 없었다.

　그렇다, 절세의 미녀가 손에 든 그 창은 바로.

　"저건,《용창(勇槍) 트리아나》──틀림없는《여신의 성구》야."

　"……옛?! 크, 크로노스, 지금 뭐라고?!"

　가장 먼저 물은 것은《공주님》인 리아라. 믿을 수 없다, 라고 말하는 표정이지만 크로노스의 말은 틀림없었다.

　'일곱 나라' 중 하나, 각국의 북동부에 위치한《용국(勇國) 트리아나》는 남동쪽에 위치한 《노예 왕국 크로노스》에서 보자면 정북쪽에 존재하는 나라였다.

《용국》은 그 이름 그대로 용기를 숭상하는 무력 국가. 국토, 국력을 따지자면 '일곱 나라' 가운데서도 하위이지만 용맹함은 각국에 알려졌을 정도.

그 《용국》의 《여신의 성구》를 소지한 그녀는 즉──크로노스가, 앞서 질문한 리아라에게 대답했다.

"《여신의 성구》인 《용창 트리아나》를 다루는 절세의 미녀──다시 말해 그녀는 리아라와 마찬가지로 《공주님》이라는 이야기야. 하지만 그녀에게는 다른 이명도 있지."

"다…… 다른 이명, 이라고요?"

"그래. 전장에 나서면 일기당천, 일군도 홀로 물리치고 나라마저도 멸망시킬 수 있다는 소문까지 돌 만큼 압도적인 무력. 상처입기를 두려워하지 않고 싸우는 그 모습에서 붙은 이명이──."

수많은 전장에서, 경외와 공포의 구현자.

홀로 전장의 모든 것을 지배하는 절대 강자.

그렇다, 그녀야말로──.

"'지상 최강'의 《용사 공주》──에리 플래터 트리아나야──!"

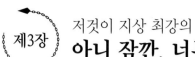

제3장

저것이 지상 최강의《용사 공주》……

아니 잠깐, 너무 강한 거 아닌가요?!

'지상 최강'의 《용사 공주》──에리와, 크로노스가 이끄는 '귀여운 노예'들은 정면으로 대치하는 모양새가 되었다.

그녀의 동료일 수녀나 마법사와는 거리가 있고 격투가 소녀는 실신 상태.

다시 말해 에리는 홀로 고립된 상태였지만.

"………………."

그녀에게 분기(奮起) 같은 것은 전혀 느껴지지 않았다. 그러기는커녕 애당초 감정조차도 전혀 없는 것이 아닐까 싶을 만큼 아무것도 전해지지 않았다.

그저 그곳에, 있는 그대로, 있을 뿐. 적이 있을지라도 관계없이.

이대로 움직이지는 않는가──그런 생각이 스친 다음 순간.

"……────핫!"

눈 깜짝할 사이에 고속으로 내지르는 창끝.

그에 간신히 반응한 것은 언월도 모양으로 거대화한 《노예 성구》인 귀이개를 든 아테나──하지만.

"크로노스 님, 위험해…… 꺄, 악……?!"

"! 아테나, 괜찮아?! 조심해!"

일찍이 《주술약》으로 폭주한 괴물마저 종잇장처럼 날려버린 아테나의 《노예 성구》가, 반대로 가볍게 취급되어버렸다.

무심코 반사적으로 아테나를 걱정하고 만 크로노스의, 그 틈을

《용사 공주》는 다시 찌르려고 한 모양이었다, 만.

"! ……밧줄?"

창을 내지르기 직전, 노노의 밧줄이 생물처럼 에리를 구속했다.

밧줄 끝을 붙잡은 노노가 꽉, 더욱 힘껏 붙들어 맸다. 《파괴신》으로 변한 피오나마저 봉인한 그녀의 밧줄. 이것으로 틀림없이 움직임을 멈출 수 있을 것이다.

하지만 그것도.

"후우……─음!"

"?! ……세상에."

에리가 자신을 옥죄던 밧줄을 반대로 있는 힘껏 잡아당기는가 싶더니── 노노를 그대로 내던져버렸다.

믿을 수 없다, 그렇게 노노가 얼굴을 찌푸린 것은 허나 단 한 순간.

"웃, 얕보지 마── 받아랏!"

공중의 불안정한 자세에서, 노노가 감추고 있던 나이프를 던졌다. 하지만 칼날은 에리를 맞추지 못하고 황폐한 땅에 박혀버렸다.

에리는 '빗나갔다'고 생각할 것이다. 하지만 크로노스는 '빗맞혔다'는 것을 알고 있었다.

노노의 나이프가 박힌 그 자리에서── '레드 로터'의 불꽃이 뿜어 나왔다.

그것이야말로 노노가 노린 것이었다──만, 허나.

"…………핫!"

"……칫, 이게…… 불꽃을, 당연한, 것처럼…… 털어버리지 마."

노노가 진심으로 밉살스럽다는 듯 내뱉을 만큼 쉽게 빠져나가 버렸다.

모든 것이 전혀 통하지 않았다. 지금 또다시 아테나가 《노예 성구》를 치켜들어 대응했지만 무술에 뛰어난 그녀마저 방어 일변도였다.

아니, 방어마저 제대로 되지 않았다. 에리의 강렬한 찌르기가 신속의 기세로 펼쳐지자.

"윽, 크……윽?! 크, 크로노스 님──!"

찌르기를 《노예 성구》로 받아낸 아테나가 후방으로 날려간 틈에, 에리가 크로노스를 향해 맹렬하게 육박했다.

그 순간, 크로노스는 자신의 허리에 걸고 있던 칼자루에 손을 대며 후방에 있는 두 사람에게 소리쳤다.

"리아라, 루아, 물러나 있어!"

"웃, 크로노스?!" "크로노스 씨?!"

당황한 두 사람을 등 뒤로 밀어내고 크로노스는 과감하게도 전방으로 뛰쳐나갔다.

육박하는 것은 '지상 최강'이라 이름 높은 《용사 공주》. 하지만 아테나도 노노도 물리친 상대에게 아무런 책략도 없이 맞설 만큼 무모하지는 않았다.

칼자루에 손은 댄 것은── 블러핑이었다. 진짜 목표는 크로노스의 품속에 있었다.

에리의 창이 이제 곧 그곳까지 들이닥치는, 그때야말로.

"미안하네, 《용사 공주》── 조금 저릴 거야!"

크로노스는 품속에 숨겨두었던 몇 개의 '옐로 로터'를 던졌다──!

발생한 번개마저도 잘라버린다면, 직접 맞추면 된다. 다행히도 에리에게도 예상 밖의 일이었는지 창으로 뿌리치지도 못한 채 로터가 그녀에게 닿고, 그리고.

"!!"

파직, 짧고도 날카로운 소리가 울려 퍼지며 크로노스의 책략이 성공했음을 증명했다.

《용사 공주》가 아무리 '지상 최강'이라도 이만한 전격을 견딜 수는 없을 터.

그럴 터, 였는데.

"────뭐, 라고?"

크로노스는 자신의 눈을 의심했다──《용사 공주》에리는 전격에 겁을 먹지도 않고, 마치 아무 일도 없었다는 듯 직진했다.

있을 수 없다── 아니, 애당초 있을 수 없는 일은 이미 몇 번이나 일어났다.

'지상 최강'의 《용사 공주》와의 조우. 번개마저도 자르는 그녀의 실력.

아테나가, 노노가 《노예 성구》의 힘을 가지고서도 통하지 않았던 것.

그리고 지금 전격의 직격에── 전혀 겁먹지 않고 안색마저도 변하지 않았던 것은.

'설마 《용사 공주》에리는―― 통증을 느끼지 않는 건가?'

직관적으로 이해한 것은 다가오는 죽음의 창이 크로노스의 감각을 예민하게 만들었기 때문인가.

뻗어오는 창끝을 피할 방법은, 더는 없었다.

"크로, 노스?――크로노스――!"

리아라의 비통한 외침을 들으며, 크로노스는 《여신의 성구》인 《용창 트리아나》에 꿰뚫릴 수밖에 없었다.

……하지만 그때 또다시, 있을 수 없는 일이 일어났다.

"…………엇?"

지금의 목소리는 리아라도, 아테나도, 노노도, 루아도 아니었다.

《용사 공주》에리가 꺼낸 것이었다――크로노스의 목덜미에서 창끝을 멈춘, 그녀가.

"? ?? ……어…… 나, 어째서……?"

어째서, 그것은 크로노스도 묻고 싶은 말이었지만 에리 스스로도 알 수 없는 모양이었다.

그렇지만 언제까지 그러고 있을 수는 없다.

이번에야말로 에리는 꾹, 창끝을 밀어내려고 했지만―― 그 직전.

"크로노스한테서, 떨어져어! 야아아아아앗!"

끼어든 것은 리아라. 에리를 향해 기본 장비인 딜도를 던지고 눈부신 빛을 발하자.

"?! 큭…… 눈부셔……."

전격에 겁먹지 않더라도 역시나 빛까지 막을 수는 없는 듯했다. 《용창 트리아나》는 오른손에 들고 왼팔로 눈을 가린 에리에게, 그녀의 동료인 수녀와 마법사가 말을 건넸다.

"에리 니이—임! 아군은 회수했어요!"

"에리~. 지금은 일단, 물러나죠~?"

"아. ……그래, 알았어."

동료들의 재촉에 에리는 창을 거두고 물러났다—— 그야말로 어느샌가 출현한 것처럼 보였던 처음과 마찬가지로, 도저히 인간 같지 않은 무시무시한 속도로.

그 결과, 갑자기 나타난 '지상 최강'의 《용사 공주》에리는.

크로노스 일행을 잔뜩 휘젓고서도 상처 하나 입지 않고 물러난 것이었다.

■ ■ ■

《용사 공주》와 그녀의 동료들이 완전히 모습을 감춘 것을 확인한 뒤, 아테나와 노노가 크로노스 곁으로 돌아왔다.

"웃, 하아…… 크로노스 님, 크로노스 니임…… 무사하셔서 다행이에요……."

"크로, 괜찮아? 다친 데, 없어? 어디, 아프면, 말해?"

거의 끌어안다시피 걱정하는 두 사람.

게다가 루아까지 크로노스 뒤에서, 이 또한 보기 드물게도.

"으, 으…… 으에에~~~엥! 크로노스 씨, 괜찮으세요?! 정말 정말, 당해버렸다고 생각했어요~! 으에에~~~엥!"

"우와. 잠깐, 루아, 뭐야. 항상, 크로의 조교, 싫어한 것치고…… 이러니저러니, 해도…… 역시, 크로가, 엉덩이 주무르는 거…… 좋아해?"

"아니 싫어요. 노노 씨, 그건! 싫지만…… 그렇다고 해서, 죽어버리는 것도 당연히 싫잖아요! 다행이야~ 무사해서 다행이야~!"

이상하게 순박한 일면이 있는 루아를 상대로 노노도 어이없다는 표정을 띨 수밖에 없는 모양이었다.

하지만 막상 크로노스는 그녀들의 걱정에 반응하지 못했다.

망연자실, 그런 상태인 크로노스에게 리아라가 가라앉은 표정으로 말을 건넸다.

"크로노스…… 그러, 네요. 조금 전, 목덜미까지 창이 다가와서 위험한 상황에 맞닥뜨려…… 충격을 받고 마는 것도, 당연하겠죠……."

크로노스의 심경을 배려해주는 다정한 리아라의 말은 이어졌다──만.

"저도, 놀랐어요…… 그렇게나 강한 사람이 이 세상에 존재하다니. 그것이…… 그것이 지상 최강의 《용사 공주》──."

"────원해."

"예. …………후에?"

크로노스의 입에서 자연스럽게 흘러나온 말은 리아라를 어리둥절하게 만들었다.

그러나 자연스럽게 나왔기에 지금 그것은 본심에서 나온 말임을 이해할 수 있었다. 그리고 한번 말해버리면 그것은 더 이상 멈출 수 없다.

"원해, 원해, 원해──나는, 저 아이를──《용사 공주》에리를, 원해!"

솔직한 욕구를 연호하는 크로노스를 보고 기가 막힌 리아라가 다음에는 경악의 목소리를 높였다.

"어, 어…… 어어어?! 무슨 소린가요?! 지금 막 목숨을 노린 상대라는 걸 알고는 있나요?! 목덜미에 창을 들이댄 사람을, 워…… 원한다니."

"무슨 소리야. 바로 그렇기에, 잖아. 상식 밖의 힘을 가진 《노예 성구》도, 이 몸이 자랑하는 귀여운 노예들도 전부 돌파하고서 목덜미까지 들이닥쳤다고. 그런 너무도 아름다운 절세의 미녀, 원한다고 생각하는 게 당연하잖아?"

"다, 당연하다니…… 그러니까, 목숨을 노렸단 말이잖아요."

"무엇보다도──이상하다고 생각하지 않아? '지상 최강'이라고는 해도 나라의 수장인 《공주님》이 이렇게 스스로 싸우러 오다

니. 그렇다면 틀림없이 범상치 않은 사정이 있을 거야. 그 문제 여하에 따라서는, 나는 그 아이를 구해줘야만 해. 귀여운 여자애니까."

"어, 아, 으…… 귀엽다, 같은 건 제쳐놓고…… 구한다고 하면, 확실히…… 하지만 현실적으로 어려운 게…… 여, 여러분. 여러분도 뭐라고──."

당황한 리아라가 그녀와 같은 노예들에게 의견을 청했다.

그에 아테나, 노노, 루아는 각각 순서대로 솔직한 감상을 늘어놓았다.

"후훗, 구해주고 싶다니…… 크로노스 님답네요……."

"응. 크로니까, 어쩔 수 없어. 무슨 일이 있어도, 꺾이지 않아. 멋져."

"방약무인 대마왕, 크로노스 씨인걸요…… 하아~~~……."

"정말로 괜찮은 건가요─, 이거─?!"

소양 있는 노예들의 반응에 리아라는 반대로 초조를 감추지 못하는 듯했다.

어쨌든 뜻은 다졌다. 그렇다면 이제는 하는 것뿐이다.

"지상 최강의 《용사 공주》── 그렇지만 동료를 데리고 행동하는 이상, 혼자서는 역시나 한계가 있다는 의미야. 그렇기에 우선 노려야할 것은 《용사 공주》의 동료들."

목적은 정해졌고 그를 위한 전략과 연구를 집중한다.

사나운 미소를 띤 크로노스가 꾹, 양손을 주먹 쥐고 하늘로 쳐들었다.

"기다려라, 《용사 공주》와 파티—— 반드시 붙잡아서 이 몸의 귀여운 노예로 함락시켜줄 테니까! 후하하하하—!"

"터무니없는 악역의 대사! 정말정말…… 어떻게 되어버리는 건가요~?!"

노예상인걸, 그렇게 드높이 웃는 크로노스를 상대로 리아라는 불안을 금하지 못하는 듯했다.

■ ■ ■

해는 이미 지고 울창하게 우거진 숲속, 모닥불을 둘러싸고 야영을 준비하는 것은——《용사 공주》의 동료인 세 소녀.

그중 하나, 경장갑 격투가—— 란 스톰 볼트는 작게 비명을 질렀다.

"앗, 아야야얏! 피, 좀 더 부드럽게 치료해달라고~?!"

란이 불평을 말하는 상대는 피 크라시아 알페티. 《용국 트리아나》의 교회에 소속된 수녀로 회복 마법 사용자였다.

"라, 란 씨, 가만히 계시라니까요. 정말…… 무리를 하니까 이렇게 다치는 거라고요."

피가 타이르자 장작에 불을 지피는 마녀 같은 여성, 갈라테아 메르쿠리우스 미스트랄도 생글생글 미소가 끊이지 않는 입을 천천히 열었다.

115

"피 말이 맞다고~? 란은 항~상 돌진해버리고~······ 언니, 걱정이야~······."

갈라테아는 전투 시에는 냉혹한 면도 드러내지만, 평소에는 지극히 다정하고 모성이 넘치는 인물이었다. 그것을 알고 있기에 피도 마음을 열고 고개를 끄덕였다.

다만 란은 결코 악의 없이, 쾌활하게 웃으며 부정했다.

"됐어됐어. 내가 앞으로 나서면 그만큼 피랑 갈라테아 씨는 위험해서 멀어지니까. 전위가 앞으로 나서는 건 당연하고, 동료를 위해 다치는 것도 무섭지 않아!"

"! ······정말이지. 란한테는 못 이기겠네. 우후훗."

더욱 밝게 웃는 갈라테아를 보고 란은 부끄러움을 감추려는 듯 머리를 긁적이며 말을 이었다.

"게다가 나, 바보라서 돌진하는 것밖에 재주가 없으니까~······ 정말로, 《용사 공주》님한테 도움만 받을 뿐이니까······. 아까도 날 구하는 걸 우선시하지 않았다면, 악한 노예상을 쓰러뜨렸겠지~? 아아, 정말. 미숙해서 부끄러워~."

"응. ······우후후, 그러네, 그럴지도 모르겠네~?"

"으걱! 갈라테아 씨, 가차 없어~!"

보란 듯이 긍정하는 갈라테아를 보고 란이 겸연쩍은 표정을 띠자──피가 입을 열었다.

"저기····· 그러고 보니, 그러는 에리 언니는······?"

두리번두리번 주위를 둘러보며 피가 질문하자 그 의문에는 갈라테아가 대답했다.

"에리라면…… 근처에서 샘을 발견해서 씻는 중이야~."

"어…… 혼자서, 말인가요? 괘, 괜찮을까요?"

"우후훗. 《용사 공주》를 걱정할 필요가 없다는 건 피도 잘 알잖아~? 오히려 우리 세 사람만 있는 것보다 훨씬 안전할 정도야~."

안심시키는 듯한 말에, 하지만 피, 그리고 란도 가볍게 고개를 숙이고.

"그건, 그렇지도 몰라요. 하지만…… 혼자, 라니."

"응. 우리, 넷이서 팀인데…… 그런, 단독이라니, 그건……."

걱정 때문에 불만이 생기려고 하는 것인지도 모른다.

모두의 언니 같은 존재인 갈라테아는 먼저 선수를 쳐서 달래려고 했다. 만.

"……둘 다, 에리를 나쁘게 생각하진 말아 달라고~? 그 아이는 이따금 차갑게 보일지도 몰라. 하지만 제대로 동료도, 소중하게 생각해──."

"──멋있죠, 고고하다는 느낌이라! 하아~, 너무 멋져서 《여신》님과 같이…… 아니, 그 이상으로 신봉해버리겠어요! 에리 언니~……♡"

"나도 알겠어! 정말로, 내 동경이야! 지상 최강인걸~!"

"으, 응. 두 사람이 그걸로 됐다면 상관없지만 말이지~?"

불만 따윈 없었다며 어깨를 힘을 빼는 갈라테아── 하지만 혹시 모르니, 그러면서 천천히 일어서더니.

"하지만 일단 상황을 보고 올게~? 두 사람이 걱정했다고는 전해둘게~. 그럼 둘 다…… 야영 준비, 부탁해~?"

""예~.""

둘이 동시에 순순히 대답하자 싱긋, 미소와 함께 고개를 끄덕이고 갈라테아가 숲 안쪽으로 걸음을 옮겼다.

■ ■ ■

숲속에서 적막을 드리우면서도 솟아 나오는 샘에서는, 숲을 빠져나가면 바로 옆이《여신마저 포기한 땅》이라고는 여겨지지 않을 만큼 신성한 아름다움이 느껴졌다.

에리는 지금 그런 샘 중앙에서, 새하얀 피부를 모두 드러내고 있었다. 쏟아지는 달빛을 몸으로 받으며 몸 구석구석을 씻었다.

그러는 와중에 문득 동료 중 하나인 피의 말을 떠올렸다.

[목욕이나 먹 같은 건, 정말 좋아해요…… 기분 좋다고요♪]

뚝, 몸을 씻던 손을 멈추고 에리는 살짝 고개를 숙였다.

'기분, 좋아? ……아니. 나로서는 알 수 없어.'

고개를 홱 내저어, 은발에 방울지는 물을 털어냈다.

그대로 아무렇게나 샘에서 나와, 벗어 던진 옷을 놓아둔 바위까지 걸어갔다.

하나하나, 사무적으로 몸에 걸치는 도중── 에리는 손을 뚝 멈추고 중얼거렸다.

"……갈라테아? 거기 있지?"

어둠을 향해 묻자 나무 뒤에 서 있던 갈라테아가 모습을 드러냈다.

"우후후, 정답이야~. 역시《용사 공주》에리…… 아니, 신기하다고 해야 하려나…… 어떻게 기적을 알아차렸을까."

미소 안으로 조금 침울한 감정을 드리우고 갈라테아는 말했다.

"에리는── '무통증'과 '불감증'을 앓고 있는데──."

그 말은 진실. 당연히 에리도 자각은 있었기에 신기한 기분은 마찬가지였다.

"나도 잘은 모르겠어. 하지만 가까이에 내가 아닌 누군가가 있다든지 보고 있다든지, 그러는 건…… 어쩐지 기척으로 알 수 있어. 감……이라고 할까."

"후후, 그렇구나~. 뭐, 바로 그렇기에 지상 최강의《용사 공주》인 걸지도~."

"글쎄…… 별로 흥미, 없으니까. 그래서, 웬일이야? 무슨 용무라도?"

"어머어머, 용무라니. 란이랑 피도 걱정하고 있으니까 보러온 거야~. …… 물론 나도 걱정이었으니까, 말이지? 그게──."

잠시 틈을 둔 뒤, 갈라테아는 다시금 질문을 던졌다.

"너 어째서 그 노예상한테── 마지막 일격, 가하지 못했던 거야~?"

"!"

갈라테아의 물음에 헉, 에리는 고개를 들었다. 그러자 역시, 라고 한숨을 내쉬며 갈라테아는 계속 말했다.

"사기에 영향이 미치기도 할 테니까 피랑 란한테는, '그때는 란을 구하는 걸 우선했다'라고 얼버무려뒀지만⋯⋯ 대체 어떻게 된 거야~? 상대는 악독한 노예상, 망설일 필요 따윈 없었을 텐데~⋯⋯."

"⋯⋯⋯⋯."

갈라테아가 건넨 의문에 잠시 생각에 잠긴 뒤, 에리가 꺼낸 대답은.

"나도⋯⋯ 모르겠어. 그때 분명히 끝을⋯⋯ 내려고 했는데. 창이⋯⋯ 멋대로 멈췄어. 모르겠어⋯⋯ 모르겠다고."

"그래⋯⋯ 으~응, 그 사람들, 어쩐지 본 적이 없는 이상한 기술을 사용했으니까~⋯⋯ 그걸로 움직임을 봉인해버렸던 걸까~? 생각했던 것 이상으로 성가시네~⋯⋯."

"그런, 걸까? 그러⋯⋯려나."

그때 그런, 무언가 술법에 걸린 것 같은 느낌은 없었지만──에리가 생각에 잠긴 사이, 갈라테아가 주의를 촉구했다.

"에리⋯⋯ 알고 있을 거라 생각하지만, 이번 일은 반드시 완수해야만 한다고~?《마법 대국 엔테》의 중요한 의뢰니까~."

"! ⋯⋯그래, 알고 있어."

《마법 대국 엔테》── '일곱 나라'에서는 동쪽에 위치한,《신국 아리에스》에도 필적하는 대국이다.《용국 트리아나》와는 과거부터 우호적인 관계였다. 만.

"우리 《용국 트리아나》는 국토도 작고 생산 능력도 결코 크지 않아~…… 용맹이 재산인 무력 국가라고는 하지만, 뒤집어보면 그것밖에 길이 없었을 뿐. 가령 《마법 대국 엔테》가 지원을 끊기라도 한다면…… 《용국》은 틀림없이 멸망의 길을 걸을 수밖에 없어. 우리는…… 할 수밖에 없는 거야~."

다시 말해 우호 관계 따윈 표면적인 것에 불과하여, 현재 《용국 트리아나》는 《마법 대국 엔테》의 속국이나 마찬가지. 그리 말해도 과언이 아니었다.

그것은 《용국》의 《공주님》인 에리도 충분히 알고 있었다.

그리고 에리는 《용창 트리아나》를 바라보고 짧게 말했다.

"알고 있어. 다음에는, 반드시—— 완수하겠어."

이 짧은 말에 에리는 절대적인 결의를 담았다.

갈라테아에게도 그것은 전해졌으리라, 안심한 듯 미소를 띠고 있었다.

"우후후…… 그래, 믿을게~. 우리 주인…… 《용사 공주》 에리♪ ……자, 그럼 나는 먼저 돌아갈게~. 에리도 빨리 와야 된다~?"

"응. ……하지만 오늘은 지쳤으니까…… 이대로 잠들어버릴지도."

"……정말~. 에리니까 괜찮을 테지만~…… 걱정하는 건 변함없다고? 피도 란도, 말이지~."

갈라테아는 그리 말하면서도 혼자 있기를 선호하는 에리의 성격을 고려하는 것인지, 그 이상은 아무 말도 않고 동료들 곁으로 돌아가주었다.

가장 연장자인 갈라테아와는, 세 동료들 가운데서도 가장 오래된 사이였다. 그녀는 신뢰하며, 그녀의 말에도 확실한 이치가 있었다.

그렇기에 이번에야말로 임무는 완수해내겠노라, 마음속으로 다짐했다.

'알고 있어, 처음부터. 나는 지상 최강의 《용사 공주》로서 싸울 뿐. 그것 말고 내게는…… 아무것도, 없는걸.'

《용창 트리아나》를 꽉 움켜쥐며 벌러덩, 딱딱한 바위를 침대 삼아 드러누웠다.

이번에야말로, 그렇다, 이번에야말로──해내야만 하는 일을 떠올리며.

'표적은── 노예상 크로노스, 친다── 그래, 망설일 필요 따윈, 처음부터 없어.'

그렇다, 그럴 터다── 그럴 터, 인데.

"? ……그렇다면 그때, 나는…… 어째서 창을…… 멈췄지?'

달빛을 받으며 서서히, 서서히 눈꺼풀이 내려가고.

'어째서 나는…… 나는 그때. ………….'

천천히, 이끌리듯이 의식이 어둠 속으로 떨어졌다.

■ ■ ■

··················.

이것은 꿈이다. 과거의 꿈. 에리가 어렸을 적, 흑백의, 기억의 세계.

에리는 딱히 처음부터 《공주님》이었던 것은 아니다.

오히려 어릴 적에는 아무것도 가지고 있지 않았다. 안 그래도 가난한 《용국 트리아나》의, 그중에서도 최하층 빈민가 출신이기에.

아버지의 얼굴도 모른다. 유일한 안식처였던 어머니도 거의 10년 전 에리가 일곱 살일 적, 빈곤 끝에 돌아가셨고.

어렸던 에리로서는 무언가를 할 수 있을 리도 없어, 그저 웅크리고 있을 수밖에 없었다.

모두가 자기 일만으로 힘겨웠기에, 웅크린 어린애한테 눈길도 주지 않고.

매일이 그저 힘들었다. 힘들고, 슬프고, 괴로워서…… 배가 고파서. 고픈 배가 아프고, 아프고, 참을 수 없어서.

힘들고, 힘들고, 힘들고…… 그저 힘들기만 한 날이 며칠인가 이어지고.

하지만 어느 순간, 머릿속에서 뚝, 무언가가 끊어지는 소리가 난 뒤에는.

전혀 힘들지 않게 되었다. 아픈 것도, 슬픈 것도, 아무것도, 아무것도 느껴지지 않았다.

그저 몸의 힘이 조금씩 빠져나가는 것을 남의 일처럼 생각하며.

아무것도 없는 나날의 끝에, 누구의 눈에 띄지도 않고 그저 혼자서, 외톨이로.

천천히, 천천히…… 눈꺼풀이 감기고.

어두워…… 어두워, 지고…….

………………….

『저기, 괜찮아?』

『…………어?』

신기한 일이었다. 그럴 리는 없을 텐데, 그때 태어나서 처음으로 누군가가 말을 건넨 것처럼 느껴졌다.

놀라서 고개를 들자 그곳에는 같은 또래의 소년이 있었다. 에리에게 지지 않을 만큼 궁핍해 보이는 소년이 꼬르륵 배를 울리며 눈앞에 서 있었다.

소년은 빵과 금이 간 컵에 든 스프를 내보였다.

뭐가 뭔지 알 수 없어 에리가 곤란해하자 그는 한마디만, 간결하게.

『줄게. ──먹어.』

그리 말하며 소년은 곤혹스러워하는 에리에게 빵과 스프를 떠넘겼다.

에리는 아무것도 느껴지지 않는 손으로, 입으로, 스프에 담근

빵에 입을 대고는.

　머뭇머뭇, 소년의 얼굴로 시선을 향하고는──.

『헤헷, 어때──맛있지.』

　──아아, 신기하다── 아아, 신기한 일이다──.

　흑백의, 기억의 세계에서 그 순간만은.

　자신을 향해 소년이 띤, 낙천적인 미소만은── 선명하게 색을
띠고 있으니까.

　과거에서 현재에 이르기까지, 에리에게 무언가를 '준' 것은, 어
머니 말고는 그 소년뿐이었다.

　그리고 소년은 무언가에 쫓기듯 금세 떠나버렸지만.

　바로 그 직후. 눈부신 빛의 입자가 비처럼 에리에게 쏟아져 내
렸다.

　그리고 에리의 어리고 작은 손에── 신기한 창 한 자루가, 들
어온 것이었다.

　에리는 나중에 안 사실이지만, 빛의 비는《여신》의 신탁이라는
것이고.

　손에 든 창은《용창 트리아나》── 이 나라《공주님》의 증거였
다.

그 후로는 정말 순식간에 벌어진 일처럼 느껴졌다.

어떻게 찾았는지 나라의 관계자를 자칭하는 자들이《용창 트리아나》를 손에 든 에리를 발견, 보호하고《공주님》으로 추대해버렸다.

아무것도 가지지 않았던 에리가 바라면 어느 정도의 것은 주어지게 되고, 빈곤한 시절과는 비교도 안 되는 각별한 취급을 받게되었다.

트리아나의 이름도《공주님》이 되었을 때, 받았다.

가난한 나라이기에 스스로 싸울 필요가 있기에, 에리가 그때까지는 자각한 적도 없었던 강함을 발휘하여《용사 공주》같은 이름이 주어진 것은 최근의 일이지만.

환경이 바뀐 뒤로 에리에게는 필요 최소한의 것, 아무래도 좋은 것, 흥미가 없는 것, 어쨌든 많은 것이 멋대로 주어지게 되었다.

그렇다고 '불감증'도 '무통증'도 나은 것은 아니라서, 그렇게 무언가가 주어져도 무엇 하나 느끼지도 않았다.

지금도 그렇듯이 원래 감정이 희박한 아이였으리라. 홀로 웅크리고 있던 무렵에는 자신을 돌아보지도 않았던 자들의 손바닥 뒤집기에도, 아무것도 느끼지 않았으니까.

그 후로 자신을 걱정해주는 갈라테아와 만나서 그녀가 측근이되고.

전장에서 함께 싸운 란과, 자신을 따라주는 피와 행동을 함께

하게 되고.

그녀들은 소중하다고 생각한다. 그 마음에 거짓은 없다.

──하지만 에리에게 언제까지고 선명하게, 퇴색되지 않는 소중한 기억은.

어릴 적에 단 한 번, 단 한 번뿐.

유일하게 자신에게 '준'── 소년.

그 소년은 지금 어떻게 되었을까. 어디서, 어떻게──어떻게.

──어째서일까??

어째서 지금, 에리는 이렇게나.

그 소년을──── 꿈에서 보고 있는 것일까.

■ ■ ■

외부에는 알려지지 않은 《노예 왕국 크로노스》의 중추.

위대한 노예상 크로노스가 저택의 자기 방에서, 의자에서 있는 힘껏 몸을 젖혔다.

"큭, 큭큭큭──하─앗핫핫핫! 좋아, 준비는 갖추어졌어!"

"꺄아, 놀랐어요! 갑자기 큰소리 내지 말아달라고요, 크로노스!"

드높이 웃는 크로노스를, 홍차를 타주던 《공주 노예》 리아라가 놀라며 나무랐다.

그것을 그냥 넘긴 것은, 뭐 항상 그렇듯이, 크로노스는 사납게 웃으며 계속 말했다.

 "아테나한테서《통신 마법》으로 연락이 들어왔어. 공방의 목수한테 만들도록 한《노예 성구》와 에리에게 선물할 '어떤 것'도 완성되었다고. 크큭."

 "어, 어어……? 그런 무서운 미소로 말하는 선물이라니, 어떤 터무니없는 물건인지 불안해서 참을 수가 없는데요……."

 "이것 참, 실례네. 틀림없이 기뻐해줄 거라고? 후훗, 후하핫."

 '그러니까 그게 무서운 거라고요'라며 리아라의 빤히 바라보는 시선에서 감정이 전해졌지만, 크로노스의 말은 멈추지 않았다.

 "노노한테서도 좀 전에《노예 성구》의 새로운 효력을 개발할 수 있었다고 통신이 있었어. 훗훗훗, 기대되는데?"

 "어. ……엇, 그건…… 또 터무니없는 '조교'가, 시작된다고?"

 "바로 그렇지! 자, 이걸로 준비는 만반, 남은 건 그저──하는 것뿐이야!"

 기세 좋게 일어선 크로노스가 절대 승리의 확신을 외쳤다.

 "기다려라,《용사 공주》와 파티──이 몸께서 충분히 마구 조교해서 함락시켜줄 테니까──!"

 "도망쳐요……《용사 공주》일행 여러분, 빨리 도망쳐요──?!"

 크게 웃음을 터뜨린 크로노스를 보고 오히려 상대를 걱정하는 모양인 리아라였다.

제4장

《용사 공주》씨 포획 작전……

잠깐, 크로노스……

비, 비겁하다고요—?!

《용사 공주》에리를 시작으로 한 일행이 《여신마저 포기한 땅》을 멀리서 볼 수 있는 숲을 거점으로 한 지도 상당한 시간이 흘렀다.

토벌 대상인 '악한 노예상 크로노스'의 일당과 처음으로 교전한 뒤로 이미 몇 주는 지났다. 그 이후, 싸우기는커녕 이 주위에서는 어느 누구의 모습도 볼 수 없었다.

팀의 격투가, 란은 생각했다. 시간을 낭비하고 있는 것은 아닐까.

장작을 주워 모으며 무심코 현재 상황에 대한 불만을 입게 담고 말았다.

"하아~…… 어~쩐지 영, 팍! 하지 않네~…… 적에게 움직임은 없고 습격을 가하는 것도 아니고. 나, 너무 심심해서 죽어버릴 것 같다고~…… 차라리 파박 습격해준다면 있는 힘껏 반격으로 처리해버릴 수 있을 텐데~."

란은 스스로도 조심스럽지 못한 발언이라고 생각했지만, 피는 어떤 의미로 기대한 그대로의 반응으로 나무라주었다.

"정말이지, 란도 참…… 그런 무서운 이야기, 하지 마세요…… 그런 소리를 했다가 정말로 와버리면 어쩌자고요."

"어~, 하지만 심심한 것보다 훨씬 낫잖아? 의뢰 건도 있으니 어차피 쓰러뜨려야만 하는 상대니까, 얼른 싸우고 싶은걸──."

"그러니까 싫다니까요…… 피, 가능하다면 싸우고 싶지 않으니까…… 여러분처럼 싸울 힘도 없고, 거치적거릴 테니까~……."

시무룩, 가라앉아버린 피를 란은 황급히 달랬다.

"아니아니, 피의 회복 마법은 우리한테 중요하잖아. 뭣하면 가장 거치적거리는 건 금세 돌진해서 다치는 나야. 내가 말해놓고 상처받았어."

"란 씨는 잘 모르니까 그런 말을 할 수 있는 거예요~…… 피의 회복 마법 따윈《용국》에서나 우수한 것이지, 세상에는 훨씬 굉장한 사람이 있어요. 예를 들면《신국 아리에스》의 자매 공주님은 피의 열 배…… 아니, 백 배는 굉장하니까요."

"아아~…… 피는 그러니까 언니 공주님의 팬, 이었던가?"

"예! 굉장해요, 상처도 순식간에 치료해버린다는 모양이고…… 그럴 수 있는 사람은 셀 수 있을 정도밖에 없으니까. 게다가 청렴결백하고《신국의 보물》이라고 불릴 만큼 미인이라는 평판이라…… 한 번이라도 좋으니까 만나보고 싶구나…… 어, 앗! 무, 물론 최고는 에리 언니니까요! 혹시 몰라서 말해두겠지만!"

흥분해서 수다스러워진 피를 그래, 알았어, 라고 달래며——그런데, 라며 자신의 마음에 걸리는 것을 란은 그대로 입에 담았다.

"그 에리 님 말인데…… 최근에 분위기가 이상하지 않아? 어쩐지 소극적이라고 할까…… 아니, 건성이라고 할까. 눈앞에 표적의 근거지가 있는데도 공격하려고 하지도 않고."

"예? 아니, 그건…… 신중하다는 거예요. 여하튼《여신마저 포기한 땅》이고, 그런 저주나 동티 같은 일이 실제로 벌어지니까요. 근거지이기에 상대의 솜씨를 전부 확인하지 않고서 무리할 생각은 없으신 게 아닐까요?"

"그러려나~⋯⋯ 평소라면 속공으로 일을 마치고, 지금쯤은 팍팍 돌아가 버렸을 거라 생각하는데⋯⋯ 여하튼 상대할 이 없는 지상 최강의 《용사 공주》님이라고?"

"그건⋯⋯ 그러니까 그만큼, 이번에는 난적이라고 판단했다든지⋯⋯?"

어떤 이야기든 에리에게 부정적인 일은 생각도 하지 않는 것이 피.

뭐, 란도 마음속 깊이 경애하는 에리를 진심으로 비판하는 것은 아니었다. 다만 이런 이야기라도 하지 않으면 가만히 있을 수 없(다는 자각이 있)는 란은, 참을 수가 없는 것이었다.

그런 란이기에 무심코 말이 과해지고 마는 경우도 자주 있는 일이라.

"이렇게 되었다면 차라리── 나 혼자서라도 적의 근거지에 잠입해서 정찰이라도 하고 온다든지, 어떨까?"

"⋯⋯예, 예엣?! 무, 무슨 말인가요, 농담은 그만하라고요?!"

그렇다, 피의 말처럼 역시나 이것은 농담. 함정에 걸렸다고는 해도 첫 전투에서 자신을 실신시키기까지 한 상대에게 단독으로 도전할 만큼 란도 무모하지는 않았다.

란은 깔깔 웃으며 당황한 피에게 이야기를 철회했다.

"아하핫! 미안미안! 그렇게 위험한 짓 안 하니까 안심해~."

"으~⋯⋯ 저, 정말이죠? 꼭이에요, 약속이니까요?"

"물론이야. ……자, 그럼 농담만 하지 말고 일도 해야지. 하아
~…… 장작, 주워올게~."

걱정하는 표정으로 바라보는 피에게 가볍게 손을 흔들며, 란은
숲속으로 발길을 들였다.

자, 조금 전에는 란 스스로도 농담으로 꺼낸 이야기였지만──
잘 생각해보면 잠입, 정찰이라는 것은 실제로 그렇게 나쁜 방안
은 아닐지도 모른다.

한순간 란에게 그런 생각이 스쳤다, 만, 금세 생각을 바꾸었다.

'애당초 나는 차분히 움직이지도 못하고…… 잠입이나 정찰 같
은 데 맞지 않는걸~. 그리고 피랑도 약속해버렸고…… 아니아
니, 이건 없었던 이야기로.'

쓸데없는 생각은 머릿속에서 떨쳐내고, 꾹꾹 몸을 구부려 스트
레칭을 했다.

이어서 몸을 있는 힘껏 젖히며 스트레스 발산으로 소리를 질
렀──더니.

"아── 정말! 쫄지 말고, 덤벼라──!"

『호오, 그럼 바라는 대로 해줄까.』

"어. ……으, 윽?!"

갑자기 목소리가 들렸다── 아무것도 없는 곳에서, 정말로 아
무것도 없는 곳에서.

그 직후, 란이 제대로 말을 꺼낼 틈도 없이 무언가가 사지를 구

속했다. 보이지 않는 로프가 감기기라도 한 것처럼 조여드는 괴로움에, 더는 큰 소리를 낼 수 없었다.

'뭐, 뭐야……?! 무슨 일이 벌어진 거야…… 아무것도 없는데…… 안 보이는데, 나 대체 뭐에 붙잡혀서…… 윽?!'

꾸욱, 무언가가 잡아당기고 그대로 무언가, 보이지 않는 것에 부딪혔다.

마치 장신의 남성 같은── 그야말로 란을 붙잡은 것은 억센 남자다운 손으로 느껴졌다. 뿌리치려고 힘을 실어도 떨쳐낼 수조차 없었다.

그렇다, 아까 들린 목소리도 분명히── 그렇게 혼란에 빠진 사이에, 다시 또 들렸다.

『크큭, 그렇게 날뛰지 마. 저항할수록 지독한 꼴을 당할지도 모른다고? 지금부터 네가 어떻게 될지──알고 있으려나? 크크큭.』

"?! 윽…… 나, 나를 어떻게 할 생각이냐. 무슨 짓을 당하더라도, 나는 굴복하지 않아!"

전투에서 당한 부상도, 칼날에 베인 상처도 이제껏 두려워한 적은 없다. 상대가 정체 모를, 눈에는 보이지 않는 괴물일지라도 관계없다.

자, 어떤 공격이든 덤벼라──!

『그럼 사양 않고── 간질간질간질간질.』

"어──으햐햐햐햐?! 으, 콜록. 잠깐, 조이니까 밧줄…… 히익, 그만히히에─?!"

『응. 재밌겠네. 노노도, 할래. 간질간질간질간질.』

"히액?! 노, 어, 누구?! 두 배, 어어──아니, 열 해, 핵 해~?!"

아픔이라면 버틸 수 있었을지도 모른다. 하지만 이것은 너무도 예상 밖이었다.

아니, 더욱 예상 밖인 것은── 옆구리를 간질이던 남자의 손길이 움직임을 바꾼 것.

"쌔액, 쌔액……? 뭐, 뭘…… 앗♡ ……윽?!"

옆구리에서 이동한 손이 복부 중심에서 바깥쪽을 향해 선회하듯 쓰다듬은 순간── 이제까지 꺼낸 적이 없는, 스스로도 믿을 수 없을 정도로 간드러진 목소리가 새어 나왔다.

부끄러워하는 란의 기분 따윈 알 바 아닌지, 손의 움직임은 더욱 기세를 붙이고.

"훗, 훗…… 으, 윽! 응, 아……앗, 힉♡ 큭, 크으윽……?!"

몸을 만지작거리는 보이지 않는 남자의 손은 어깨에서 등으로, 목덜미에서 가슴께로, 둔부에서 허벅지로, 온갖 민감한 장소를 통과했다.

처음에 간지럽혀서 긴장을 늦춰버린 것이 좋지 않았다. 게다가 보이지 않는 탓에 어쩔 수 없이 감각이 예민해져버린다.

목소리를 억누르려고 해도 도저히 억누를 수가 없었다. 보이지 않는 밧줄에 묶여서 뿌리치지도 못하는 란은, 최소한의 저항으로 소리를 높였다, 만.

"이, 이게──그, 그만해! 놔줘, 바보! 그만하라고──."

『흠, 보이시한 것도 나쁘지 않지만, 아깝네. 기껏 이렇게──

귀여운데.』

"──어?"

지금 보이지 않는 이 남자는 무슨 소릴 하는 걸까.

귀엽다── 귀엽다고, 란한테 말했나.

"우, 웃기지, 말라고…… 귀엽다느니, 모독이야…… 애당초, 그럴 리가!"

『이봐, 스스로도 모르는 거냐── 귀엽다는 건 모독하는 말이 아니라고.』

"윽. 그, 그러니까 그럴 리가…… 이런, 꼬맹이에 빈약하고…… 가, 가슴도…….'

『그건 아냐. 가슴, 작은 편이, 귀여운걸. 오히려, 커다란 녀석, 귀엽지 않는걸.』

"히에에 또 여자 목소리?! 게다가 엄청 진지하게 따지잖아?! 아니, 하지만…… 세상에…….'

란의 뇌리를 스친 것은 별것 아닌 일상의 기억. 하지만 가슴이 찢어놓은, 트라우마.

'앗…… 귀여운 옷. 전에 일하고 받은 보수로 주머니도 두둑하고…… 하, 하지만 드레스라니, 나한테는 안 어울리겠지…….'

별 생각 없이 거리를 걷던 때, 가게 앞에 장식된 드레스에 시선을 빼앗겼다.

하지만 그런 란을 《용국》의 거친 남자들은 비웃고.

『헤─이, 저것 봐, 형제! 남자 같은 격투가 란이 드레스 같은 걸

보고 있다고—?!』

『아니아니, 그럴 리가 없잖아?! 아마도 옆에 있는 모닝스타라도 보고 있었을 거라고—?! 누구의 머리를 쪼개놓을 생각일까, 우리인가?! 아니겠지, HAHAHA!』

『웃! ⋯⋯~~~웃!』

남자들의 농지거리를 참다못해, 란은 그 자리에서 달아났다. 드레스 따윈 자신에게 어울리지 않는다는 것은 잘 안다. 살 생각도 없었는데.

'남자 따윈⋯⋯ 남자 따윈, 정말 싫어! ⋯⋯그리고 어째서 저 가게, 드레스 옆에 모닝스타를 장식한 거야?! 바보 아냐?! 저런 가게 따윈⋯⋯ 정말 싫어!'

나중에 잘 생각해보면 그런 이상한 가게의 드레스, 사지 않은 것이 정답이었으려나 싶기도 하지만.

뭐, 어쨌든 어린 시기부터 용병 일에 전념하여 여자답지 않은 성과를 올린, 남자 같은 격투가 란을 '귀엽다' 같은 식으로 말한 남자는 이제까지 하나도 없었다.

하지만 지금 정체 모를, 보이지 않는 괴물에게—— 습격을 당한 상태, 인데도.

"젠, 장⋯⋯♡ 그, 그만, 하라니까⋯⋯ 나는⋯⋯ 나, 앗♡"

여자아이 취급, 받은 것이었다. 그야말로 지금, 몸을. 그리고 무엇보다, 마음을.

"⋯⋯그, 그만, 해애⋯⋯."

뿌리치려는 팔에도, 거절의 말에도 더는 전혀 힘이 실리지 않는 그때.

『정말로――――귀엽다고.』

"――――웃♡"

의문의 남자가 건넨 낮고 울리는 목소리가 귀 안쪽으로 파고들어 란의 머리를 지배하고.

란이 무의식적으로 흘린 한마디, 그것은.

"그…… 그만해애……♡"

란 본인도 자신이 꺼냈다고는 믿을 수 없을 만큼―― 요염하게 물든 여자의 목소리였다.

그것을 이해한 순간, 란의 안에서 무언가가 터지고.

"앗――아아~~~~앗♡"

눈 안쪽에서 반짝, 빛이 번뜩이는 것 같은 감각이 덮치며 한계까지 몸을 젖히고는.

그 직후, 온몸에서 힘이 빠져 풀썩, 쓰러질 뻔했다.

하지만 보이지 않는 남자의 억센 팔이 란을 도중에 떠받쳤다. 팔에 안긴 그 감촉에도, 몸의 안쪽에서 무언가가 '저리는' 것을 느끼고 말았다.

단숨에 체력을 소모한 란이 거친 숨을 내쉬며, 기분 좋은 권태감에 몸을 맡겼다. 눈꺼풀이 멋대로 감기는 가운데, 보이지 않았던 의문의 남자가 서서히 모습을 드러내고.

『큭큭큭—— 우선은, 하나~.』

『역시 크로, 음흉한 미소, 멋져. 노노, 두근두근♡』

자신을 팔로 안은 예리한 남자와 옷차림이 얇은 갈색 피부의 소녀를 마지막으로 바라보며.

란의 의식은 조용히 어둠 속으로 떨어지는 것이었다.

■ ■ ■

란이—— 소중한 동료인 그녀가 행방불명되었다.

이미 며칠 동안 그녀의 행방을 탐색했지만, 단서 하나조차 찾지 못했다.

그럼에도 포기할 수가 없다—— 특히 피는 자는 시간도 아껴가며 계속 찾고 있었다.

"란 씨…… 어디로, 어디로 가버렸나요…… 으으."

숲속, 마지막으로 란을 본 장소를 중심으로 피가 휘청휘청 돌아다니는데.

"피…… 조금 쉬렴~? 이제 곧 밤이라고~?"

걱정스러운 표정의 갈라테아가 나타나서 피를 설득했지만 곧바로 고개를 가로저었다.

"갈라테아 씨…… 하, 하지만 아직 란 씨를, 못 찾았으니까……."

"그러면서 매일 아침부터 계~속 찾고 있잖아~. 쉬는 것도 중요하다고~? 계속 그러다가는…… 피가 쓰러져버려~."

"웃. 하, 하지만…… 그치만."

피의 가슴에 답답하게, 마음을 좀먹는 사실을 자책의 심정과 함께 토로했다.

"란 씨랑 마지막으로 이야기한 거…… 피에요! 그때 란 씨, 잠입하겠다느니 정탐하러 가겠나느니 그래서…… 말릴 수 있는 거, 피뿐이었는데…… 그런 위험한 짓은 하지 않겠다니, 그런 거짓말을 믿고…… 그러니까, 이런 곳에서……!"

"그래. 몇 번이나 듣고, 몇 번이나 말했는데…… 피 탓이 아니야~. 게다가 정말로 잠입하고 있다면…… 더더욱, 이 주위를 찾아도 소용없어~."

"웃, 그, 그건……."

갈라테아의 지당한 의견에 피가 더는 아무 말도 할 수 없었던―― 그때.

"――내가, 찾아올게."

"어…… 에리 언니?!"

기척마저 느껴지지 않게 나타난 것은, 피가 경애해 마지않는《용사 공주》에리.

칠흑의 갑옷을 입은 에리는 늠름하고도 아름다운 표정을 무너뜨리지 않고 평소와 같은 냉정함으로 이야기했다.

"나는《여신마저 포기한 땅》근처까지 찾아볼게. 란이 정찰하고 있다면…… 어쩌면 그쪽에 있을지도 몰라."

"어, 하지만…… 위, 위험하다고요?!"

"괜찮아. 숲에서는 안 나가니까. ……게다가."

가볍게 휘두른 창끝이 휘잉, 바람을 가르는 날카로운 소리를 울리며.

"위험은 없어―― 나는 누구에게도 지지 않아."

단언한 에리가 《용창 트리아나》를 어깨에 짊어지며 당당하게 걸어갔다.

피가 용맹한 그 뒷모습에 빠져든 사이, 갈라테아는 어두운 표정으로 중얼거렸다.

"……에리치고는 웬일로 절박한 모습이네~…… 조금, 걱정이야~. 무리하진 않는지…… 혹시 모르니까 나도 에리를 따라갈게~."

"예? 절박하다, 고요? ……앗?! 갈 거라면, 피도 같이!"

"피는 여기서 쉬는 거라고~? 어쩐지 안개도 꼈고…… 우리랑, 그리고 란이 이 야영지로 돌아올 수 있도록…… 여길 잘 지켜달라고~?"

"! 아…… 아, 예. 알겠어요."

"우후후, 좋은 대답이야♪ 그럼, 다녀올게~."

갈라테아는 이유를 붙이면서까지 피가 쉬도록 마음을 써준 것이었다.

모두의 언니 같은 존재가 에리를 쫓아가고, 피는 그 자리에 풀썩 주저앉았다.

"……하아~…… 피는, 정말로…… 도움이 안 돼…….

낙담한 심경 그대로, 무심코 자조의 말이 입에서 새어 나왔다.

갈라테아는 '피 탓이 아니다'라고 말해주지만, 그렇게 생각되지

는 않았다. 역시 그때, 좀 더 강하게 란을 말렸다면. 그녀의 초조
하고 조급한 심정을 알아차렸다면.

이제 와서 생각해도 어쩔 수 없는 일임은 알고 있었다. 그래도
신경이 쓰여 마음이 가라앉고 마는 것이, 피가 자기혐오를 하지
않을 수 없는 부분이었다.

하아, 몇 번째인지 셀 수 없는 한숨을 내쉰 피가.

"……어, 안개…… 정말로 짙어지고 있어…… 불, 좀 더 붙여줘
야지."

모닥불에 장작을 지펴 꺼지지 않도록 주의했다. 이 숲에서 야
영을 시작한 뒤로 몇 번인가 안개가 낀 적은 있었지만, 그럼에도
오늘은 이상하게 짙고 깊었다.

안개가 낄 때는 분위기도 이상해서 어쩐지 무서워지는…… 것
이 보통이지만.

"어, 라? 어쩐지, 달콤한 향기…… 항상, 이렇게 나던가, 안개
의 냄새라니……."

평소에는 흙 속에서 밀려 나온 것 같은, 비릿하고 메마른 냄새
가 났을 텐데.

게다가 신기할 정도로 기분이 차분했다. 조금 전까지 자기혐오
에 짓눌릴 것만 같았던 마음이 둥실, 떠오르듯 가벼워진 상태였
다.

어쩐지 졸릴 정도라고── 그렇게 생각했을 때.

『──여어여어. 잘 자는 중에 미안하지만, 실례할게.』

"어, ……히익?! 나, 남자의 목소리……?! 누군가요?!"

갑자기 남자의 목소리가 울리고, 가라앉던 마음에 또다시 물결이 일었다. 자기 혼자만 있는 상황에서 하필이면 남자가 근처에 있다니.

안개에 숨어서 모습은 보이지 않아 피가 공포에 굳어 있노라니, 다시 목소리가 울렸다.

『꽤 긴장하고 있구나. 아무래도 란에게 들었던 대로, 남자를 무서워하는 모양이네── 피?』

"예?! 어째서 란이랑, 제 이름……?! 설마 당신이 란을?!"

역시 란은 《여신마저 포기한 땅》으로 잠입해서, 그리고 붙잡혀 버린 게 아닌가. 찌릿, 안개 속을 노려보며 피는 있는 힘껏 분노를 표출했다.

"라…… 란을 돌려줘요! 돌려주지 않으면, 가만두지 않을 테니까…… 진심이에요. 후, 후회할 거라고요?!"

『오오, 무섭네 무서워. 하지만 말이지, 그렇게 무리해서 허세 부리지 마. 우선은 이야기를 나눠보지 않겠어? 자── 그쪽으로, 간다?』

"웃, 힉. 으으……시, 싫어요. 야만스러운 남자가, 다가오지 말아──어?"

안개 속에서 천천히, 천천히 모습을 드러낸 남자를 보고 피는.

"어?! ……거, 거짓말…… 머, 멋진…… 왕자님, 같아……?"

날카로운 얼굴의 그 남자는 보기에도 화려한 의상을 걸치고 호화로운 장식의 왕관을 쓴, 무척 격조 높은 그야말로 왕자님 같은 인물이었다.

이런 곳에 있다는 것이 어울리지 않는, 그런 그에게 빠져 있는 사이에 상대가 말을 걸었다.

"호오. 피한테는 내가 지금 왕자님처럼 보이나. 그런가, 그렇구나."

"어, 아니, 그게…… 무, 무슨 뜻, 인가요, 그건."

"후하하, 귀여운 여자애한테 거짓말은 못 하니까 말이지. 물론 가르쳐줄게."

어쩐지 수상쩍은 느낌이 드는 남자이지만 거리낌이라고는 전혀 없이, 경계하는 피에게 당당히 설명했다.

"솔직하게 털어놓겠는데, 네가 지금 보는 건 환각이야. 나는 그런 왕자님 같은 모습은 하고 있지 않아. 이런 숲속에서 그런 모습이라니, 너무 웃기잖아. 이건 말이지── 피가 보고 싶다며 '바라고 있기' 때문에, 그렇게 보이는 것뿐이야."

"……후엣?! 그, 그럴 리, 없어요! 무엇을 근거로 그런……."

"믿지 않아도 상관없지만, 이게 사실이야. 어때, 이 안개. 마음이 편안해지지 않아? 지금 네가 깨어 있으면서도 마치 꿈을 꾸듯이── 그렇지?"

날카로운 그가 무심코 두근거릴 것만 같은 미소를 더욱 깊게 띠며.

"《몽마향》── 이상의 꿈에 잠기고, 빠져들도록 해──."

미지의 말을 듣고 영문을 알 수가 없어 피는 일어서려고 했다……만, 그러나.

"무, 무슨 말을 하는 건지, 모르겠어요. 더는 그 이상, 다가오지 말고── 꺅?!"

손을 내지른 순간에 물컹, 부드러운 무언가가 닿고──아니, 그것은 슬라임 한 마리. 설마 알아차리지 못한 사이에 몰래 다가왔나…… 아니, 그보다도.

"이런. 괜찮아? 아가씨."

"흐아. ……헛?! 아니, 놔…… 놔주세요! 싫어?!"

슬라임에게서 도망치려고…… 아니, 그 슬라임도 어느샌가 사라졌지만. 어쨌든 하필이면 의문의 남자 쪽으로 도망치는 바람에, 그의 품에 안겨들고 말았다.

허둥지둥 날뛰며 도망치려고 했다, 만…… 남자의 행동은 맥이 빠지는 것이라.

"그래, 물론이고말고. 난폭하게 굴 생각 따윈 전혀 없으니까."

"예? 어, 저…… 저, 저기, 붙잡을 생각인 게…… 어?"

"자자, 발밑을 조심해. 모처럼 입은── 드레스가 더러워지지 않게."

"아, 예? 피는, 드레스 같은 건…… 앗?!"

에스코트하듯 신사적으로 대하는 남자의 말대로── 피는 어느샌가 드레스를 입고 있었다. 이제까지 입은 적이 없을 듯한, 호화롭고 화려한.

피는 《용국》의, 결코 유복하지 않은 교회에서 태어나고 자랐다. 회복 마법의 재능으로 안정된 생활을 보낼 수 있게 되었어도 사치를 부린 적은 없었다…… 동경은 있었을지라도.

왕자님 같은 그는 '깨어 있으면서도 꾸는 이상적인 꿈' 같은 소리를 했다, 만…… 어쩌면 피는 어느샌가 정말로 잠들었고 그럴싸한 꿈을 꾸는 것이 아닐까.

여하튼 눈앞의 그는── 피의 마음을 꿰뚫어 보듯 원하는 말을 적절하게 던졌으니까.

"《용국》의 남자들은 용맹하다는 건 이름뿐인, 야비하고 거친 쓰레기들뿐이니까. 얌전한 기질의 피가 지긋지긋하다며 싫어하는 것도 당연해. 피는 전혀 잘못이 없어."

마치 본 것처럼 피의 생각에 공감하고 거들어주었다.

"하지만 말이지, 피가 이제까지 본 것은 남자가 아냐. 알겠어? 피, 잘 듣고 잘 기억해둬. 널 무섭게 하는 녀석들은 그저 짐승, 가축 이하의 잔챙이들이야. 더 이상 신경 쓰지 마. 네게 남자는── 나쁜이야. 나쁜인 거야."

"아, 으…… 당신, 뿐…… 피의 남자는…… 당신, 뿐……♡"

속삭이면 귓속까지 침투하는 것처럼 낮은 남자의 목소리. 달콤한 향기도 거들어서, 마치 이곳은 숲속이 아닌 것 같은…… 아니, 나무들도, 풀도 흙도 사라졌다.

이곳은 침실. 수많은 인형과 커다란 침대가 있는 이상적인 침실이었다.

꾸벅꾸벅, 몸까지 졸음으로 쓰러질 뻔하자── 또다시 그가 받아주었다.

그대로 이번에는 귓가에, 스며드는 것 같은 낮은 목소리가, 가

장 안쪽까지, 닿았다.

"자, 귀여운 아가씨. 지금 바라는 걸 말해봐. 나는 반드시 그걸 이루어줄게. 자──자."

"어…… 피가…… 피가, 바라는 것……? 바라는, 건……."

몽롱한 머리로 거의 무의식처럼 툭 하니 흘린 소원은.

"란 씨랑…… 만나게, 해줘……."

당장에라도 감길 것 같은 시야로 본 그의 표정은 "오" 하고 조금 놀란 것 같았다.

하지만 금세 웃고는 고개를 끄덕이며 대답을 해주고.

"그래, 알았어── 그럼 이대로 에스코트해줄게. 으차."

"꺅? 와…… 이, 이건……."

태어나서 처음으로 받는── 공주님 안기였다.

이제까지 남자를 무섭다고 생각하던 때에는 깨닫지 못했다. 하지만 사실은 무의식중에 동경하고 있던 것이다. 이렇게 억센 팔에 안기고 싶다, 그리 생각했던 것이라고.

처음으로 그것을 깨닫고, 마음이 충족되는 것을 느끼며 피는.

"……멋져……♡"

안도감을 주는 그의 미소와 품속에서── 마침내 잠이 들었다.

■ ■ ■

《몽마향》의 안개 속, 크로노스는 피를 양팔로 안으며 뒤로 말을 걸었다.

"좋아, 확보 완료야. 루아, 돌아간다――."

이름을 부르자 나무 뒤에서 나타난 루아가 피의 얼굴을 들여다보며 말했다.

"후에에~…… 잘 자네요. 뭐라고 할까, 잘 속여 넘겼네요, 정말. ……솔직히 보면서 어이가 없었으니까요, 저."

"후하하, 무슨 남들 듣기 뒤숭숭한 소리를. 내 양손이 자유로웠다면 이미 그 엉덩이, 마찰로 줄어들 정도로 주무르고 있었을 거라고 알아둬."

"무, 무서운 소리 하지 마시라고요?! ……아니, 하지만 무섭네요, 이 《몽마향》인가 하는 《노예 성약》…… 냄새를 맡는 것만으로 환각까지 보게 되어버리다니."

실제로 몸을 떠는 루아에게, 피를 공주님 안기로 들고서 크로노스는 고개를 가로저어 부정했다.

"아니, 정말로 그렇다면 확실히 도움이 되었을 테지만. 그렇게까지 편리하지 않다고. 보통은 엄청 릴랙스하는 효과가 있어서 좋은 꿈을 꿀 수 있는 향기 정도의 효능이니까."

"어…… 그, 그런가요?"

"그래.《몽마향》이 환각까지 보여줄 만큼 작용을 하는 건, 이번에 피 같이 신체적으로도 정신적으로도 극단적으로 피폐할 때 정도야. 그리고 피는 마음이 강하지 않은 편이겠지. 가령 상대가 마찬가지로 다정하고 얌전하고 엄청나게 귀여운 리아라나 아테나라면, 이렇게까지 효과가 있지는 않겠지. 저래 보여도 심지는 강하니까 말이야, 그 아이들."

"예, 예에~, 그렇군요…… 응? 어라…… 하지만 저, 제 입으로 말하는 것도 뭣하지만…… 유약하고 마음이 약한데도 별로 효과가 없네요? 그냥 들이마셨는데……."

무척 자기 평가가 낮은 소리를 하는 루아에게, 크로노스는 이 또한 부정을 입에 담았다.

"아니야, 루아. 만났을 무렵의 너는 확실히 소극적이고, 내성적이고, 겁쟁이고, 유약하고, 의지박약이고, 덜렁덜렁이고, 그저 엉덩이가 좋고 귀여운 정도가 장점이었지만."

"갑자기 엄청난 매도의 나열, 그만두실래요?! 끝내는 운다고요?!"

"후하하, 하지만 자, 지금은 그렇게 대꾸를 할 수 있을 만큼 씩씩해졌잖아. 지금 루아는 스스로가 생각하는 만큼 약하진 않아. 자랑스러워해도 된다고!"

"! 그, 그런가요…… 에헤, 에헤헤, 그런 말을 들으니 나쁜 기분은 아니네요 ♪"

"여하튼 내가── 엉덩이를 마구 주물러서 단련시켜줬으니까! 엉덩이 주무르기 조교의 그 나날이 네 마음을 강하게 기른 거지! 으──응, 나이스 엉덩이!"

"그런 이야기겠거니── 생각은 했지만요! 순순히 그러지는 않겠지, 라고! 그리고 비교적 사실이니까, 아무래도 분노가 불완전연소라고요! 이 녀석─!"

루아는 어째 영 이상하게 화를 냈지만, 그렇다고 해도 여기는 따지자면 적의 영역. 이렇게 소란스럽게 굴어도 괜찮을까.

그런 생각을 하던 크로노스의 불안은 안타깝게도 적중하고 말았다.

"으으~, 엉덩이엉덩이라니── 꺄─악?! 어, 어엇, 무, 물?!"

갑자기 어디선지 모르게 쏟아진 탁류에 떠내려갈 뻔한 루아가 비명을 질렀다. 이것은 이전에도 '로터 지뢰밭'에서 본, 물의 마법이었다.

그 마법의 사용자인 마녀가 지독히 차가운 목소리를 꺼냈다.

"안 좋은 예감이 들어서 돌아왔더니~…… 당신들, 뭘 하는 걸까~? 끔찍한 꼴을 당하고 싶지 않다면…… 피를 돌려달라고~?"

"히잉…… 크, 크로노스 씨, 어, 엇, 어떻게 하죠?!"

허둥지둥 묻는 루아에게, 하지만 크로노스는 한숨을 내쉬며 대답했다.

"이것 참, 있잖아, 루아. 어째서 널 데려왔는지 알고 있어?"

"아, 아뇨…… 따라오라고 그러니까 따라와, 봤는데요……?"

"관광이라도 왔냐. 당연히 호위를 위해서지. 특히 지금의 나, 피를 안고 있으니까 못 싸운다고. 자, 목수네가 만들어준 새 정조대, 차고 왔지?"

"윽. ……아, 예, 바라던 바는 아니지만…… 저기, 배리어로 수비하면 되나요?"

머뭇머뭇 묻는 루아. 이런 모습은 아직 강해졌다고 할 수는 없었다.

하지만 그것은 보충하는 것도 주인의 역할이라고, 크로노스는── 루아에게 손을 내밀고.

"언제 《용사 공주》까지 돌아올지 모르니까, 적진 한가운데서 수비에만 집중해봐야 상황은 악화될 뿐이겠지. 정말이지, 그렇게 상황 파악이 안 되는 나쁜 엉덩이는── 벌을 주마─!"

"아니, 엉덩이가 대체 뭘 파악한다고── 흐꺄아아아?! 주, 주무르지 마세요…… 아앗♡"

"크크크, 좋은 감도가 되었다고. 지금의 루아라면 파워 업한 정조대──《정조대 MARK. Ⅱ》를 다룰 수 있겠지! 자, 그 힘을 해방하는 거야!"

"그, 그런 이야길, 해도…… 이런, 밖에서 주무르면…… 히잉♡"

피를 짊어지며 크로노스가 재주 좋게 엉덩이를 마구 주무르자── 루아의 엉덩이에서 그녀 전용의 《노예 성구》인 정조대와 '문장'이 동시에 빛을 발하고.

"앗, 앗──후아아아앙♡"

루아가 교성을 내지르는 것과 동시에, 정조대에서 배리어가 형성되었다.

앞길을 가로막힌 갈라테아는 당연히 당황했는지.

"?! 이건…… 결계? 저 아이도 마법사야? 엉덩이로 마법을 쓰다니, 그런 건 본 적도 들은 적도 없다고~……!"

결계 반대편에서 울리는 분하다는 목소리를 뒤로, 크로노스는 루아를 데리고 철수하기 시작했다.

　"잘했어, 루아. 자, 이젠 도망치는 것뿐이야. 가자고—."

　"하아, 하…… 어. 하지만, 제가 움직이면 결계가…… 어라? 아, 안 없어져?"

　물러나며 돌아본 루아의 말대로, 엉덩이 배리어는 아직 굳건한 결계를 계속 유지했다. 이 현상을, 피를 안아든 크로노스가 간단하게 설명해주었다.

　"널 놔두고 갈 수는 없잖아? MARK.Ⅱ의 엉덩이 배리어는 설치가 가능— 다시 말해 '설치형 배리어'야. 사용자가 떠나면 아무리 그래도 오래 버티지는 못하지만, 도망칠 때까지의 시간 벌이에는 충분하지. 어때, 더더욱 다양성을 갖추는 엉덩이 배리어의 힘, 놀랐느냐!"

　"예, 예에~…… 노, 놀라기는 했지만, 엉덩이 배리어가 파워 업되었다고 그래도 어쩐지 복잡하지만…… 애당초 엉덩이가 아니라 정조대라고요?"

　"훗훗, 그렇게 겸손 떨지 마. 내 귀여운 노예 중 하나, 루아는— 세계 최초의 '엉덩이 마도사'라고—!"

　"터무니없는 선전은 그만두시지 않겠어요?! 그런 이름을 떨치고 싶지는 않은데요?!"

　이것 참, 정말이지 루아는 소극적이고 겸손한 소녀였다. 그런 그녀를 자랑하기 위해서 반드시 널리 퍼뜨려, '엉덩이 마도사'로서 프로듀스하겠다고 크로노스는 마음으로 맹세했다.

　자, 그것은 제쳐놓고— 목적인 피는 확보에 성공했으니.

"크크크, 이것으로—— 두~~울!"

"완전히 악역의 표정이라고요! 어울리네요, 정말!"

실례되는 소리를 하는 루아와 함께, 그대로 퇴각하는 것이었다.

■ ■ ■

'피가 악한 노예상 크로노스에게 붙잡히고 말았다'.

갈라테아는 그 사실을 《용사 공주》 에리에게 숨김없이 이야기했다.

에리가 행동에 나선 것은 다음 날 아침, 태양이 떠오르고 얼마 안 되었을 때였다.

"내가, 물렀어. ——이제 망설이지 않아."

그리 선언한 에리는 평소처럼—— 아니, 평소 이상의 날카로운 눈빛이었다.

피가 사로잡혔다면 아마 란도 그럴 것이다. 하나, 또 하나. 숲 속에서 동료가 사라진다. 이 초조함에 속이 끓는 것은 갈라테아도 마찬가지.

하지만 지금은 냉정을 잃은 에리를 제지해야만 했다.

"기다려, 에리. 아무런 작전도 없이 돌진하다니, 무모해! 적어도 조금은 내 마법으로 견제만이라도……."

"괜찮아. 나는 지지 않아. 싸우면, 반드시 이긴다—— 두 사람을 되찾겠어."

"앗, 잠깐만, 에리…… 기다리라고! 웃……!"

갈라테아의 제지에 귀를 기울이지도 않고, 《용창 트리아나》를 들고 에리는 《여신마저 포기한 땅》 앞에 펼쳐진 황야로 뛰어 나갔다.

지상 최강의 《용사 공주》── 그 이름에 어긋나지 않게, 첫 전투에서 본 폭발이나 불꽃에 얼음, 전격마저도 아무렇지도 않게 떨쳐냈다.

정말로 대적할 이 없다, 그리 여겨질 정도였다. 하지만 갈라테아에게는 에리의 감출 수 없는 초조함 같은 것이 훤히 보이는 것 같았다.

게다가 지금, 그런 에리의 앞을 가로막은 것은 불꽃이나 전격의 함정만이 아니었다.

"──거기까지에요, 《용사 공주》. 저희가 상대하겠어요!"

핑크블론드 머리카락을 가진, 어쩐지 기품마저 감도는 절세의 미소녀. 그녀도 악한 노예상 크로노스의 노예라면, 대체 어떻게 손에 넣었을까.

아니, 그것만이 아니었다. 남자에게 지지 않는 장신에 스타일 발군인 미녀, 암살자처럼 재빠르고 빈틈이 없는 갈색 피부의 소녀, 어쩐지 분위기는 소박하지만 엉덩이가 훌륭해 보이는 소녀.

모두가 초일급의 미모로, 노예상 크로노스의 안목은 범상치 않은 느낌이 있었다.

하지만 문제는 그들 모두가 《여신마저 포기한 땅》의 저주나 동티와도 닮은, 묘한 힘을 다룬다는 사실이었다. 무기는 단도로도 보이지만 미묘하게 형태가 외설스러운 것은 기분 탓일까.

이런 미지의 힘을 앞에 두고 《용사 공주》 에리는 평소처럼 간단히 나아가지는 못하고.

"으. ……방해, 하지 마. 모두, 돌려줘."

상대가 넷이서 덤벼든다고는 해도 미처 밀어내지 못했다. 아니, 이런 미지의 힘을 상대로 오히려 우위에 서는 《용사 공주》의 역량이야말로 굉장한 것일 테지만.

그럼에도 다름 아닌 에리가 미처 공략하지 못하고 있다는 것이, 현실.

갈라테아도 엄호하고자 저 멀리 에리의 등을 향해 나아갔다. 만 허나.

"지금 갈게, 에리~…… 기다려──."

"──그건 곤란하지. 당신의 상대는 바로 나니까."

"으?! 누…… 누구야?!"

아직 숲에서 나가지도 않은 갈라테아가 갑자기 들린 목소리에 멈춰 섰다.

앞쪽의 나무 그늘, 그중 한곳에서 아무렇게나 모습을 드러낸 것은── 이 또한 뛰어난 미모를 지녔고 머리카락을 포니테일로 묶은, 기사처럼 엄숙한 분위기의 미녀.

노예상 크로노스의 일당이리라. 대체 어떤 경위로 이만큼 훌륭한 기량을 가진 이들을 모았을까. 게다가 특히 그녀는 어디선가 본 기억이 있었다.

갈라테아는 그것을 떠올리려고 했지만, 오히려 상대 쪽에서 이야기를 꺼냈다.

"갈라테아── 갈라테아 메르쿠리우스 미스트랄, 이로군?"

"뭐라고. ……어째서, 내 이름을~……?"

"당연히 알고 있다.《용국 트리아나》에서 으뜸가는 마법의 재능을 가졌고《마법 대국 엔테》에서 유학한 경험이 있는 재녀── 유명인이니까 말이지, 당신은."

"……잠깐만. 그러는 당신이야말로……. 설마, 세상에…… 거짓말이지~……?"

확실히 단 한 번, 어딘가 전장에서 본 적이 있었다. 하지만 믿을 수 없다고 갈라테아는 눈을 크게 뜨며, 대치한 미녀의 이름을 입에 담았다.

"피──피오나 아인스바하 셀시우스?!《신국의 방패》가 어째서 이곳에?!"

"까닭이 있어서, 말이다. 크로노스 경에게 반항하는 불손한 자는, 미안하지만 여기서 쓰러뜨리도록 하지."

"윽. 어떻게 된 거야~……? 설마 노예상 크로노스는…… 뒤에서《신국》과 이어져 있다고? ……웃, 정말이지 영문을 모르겠어~……!"

아무리 그래도《신국의 방패》피오나가 노예일 리는 없으리라. 그렇다면 동맹 관계이기라도 한 것인가. 하지만 어째서 청렴으로 알려진《신국》이 노예상과?

갈라테아는 한층 더 곤혹스러웠지만, 지금은 어쨌든 앞으로 나아가는 것이 우선이었다.

"이제, 상관없어…… 방해한다면, 당신이야말로── 쓰러뜨리 겠어, 하아아앗!"

갈라테아의 장기인, 물을 관장하는 마법을 이용하여 만들어낸 물의 산탄.

바위마저도 꿰뚫는 무수한 물방울, 모두 피해낸 자는 《용사 공 주》에리 말고는 존재하지 않는다.

그런 마법을 앞에 두고, 하지만 피오나는 초조함마저 보이지 않고.

"주여, 당신의 히…… 힘을, 빌려주시길. 후우──."

주님, 아마도 《신국》의 자매 공주를 생각했을까, 역시나 충의 가 두텁기로 유명한 《신국의 방패》였다.

그런 피오나가 허리춤의 검을 오른손으로 뽑는다──싶더니, 품속에서 꺼낸 것은 한 자루 단검과 닮은 무언가. 아무래도 에리 와 교전하고 있는 미소녀들이 가진 것과 같은 물건인 모양인데, 그건 그렇고 가까이서 보니 역시나 외설스러운 형상으로만 보였 다.

하지만 그런 칼날 없는 단검에서── 검을 휘두르는 것 이상으 로 눈을 의심케 하는 현상이 발생했는데.

"모두 떨어뜨려라, 내 새로운 힘──'하얀 채찍'이여!"

환하게 빛나는 단검 끝에서, 외친 이름 그대로 하얀 채찍이 뻗 어 나왔다.

마치 의지를 가진 촉수처럼 종횡무진 꿈틀대는 '그것'이, 발사한 물의 산탄을 모두 격추해버렸다.

너무도 싱거운 결과에 갈라테아는 그저 멍했지만, 피오나는 쿨하게 중얼거렸다.

"내게는 본래라면 꺼려야 할, 부끄러운 과거를 상기시키는 힘이지만…… 그분은 이것도 나의 일부라고 인정해주었다. 이 힘을 발휘하는 데 주저 따윈 없다. ……그리고."

찌릿, 째진 눈으로 노려본 피오나가 드높이 선언했다.

"이 정도로 《신국의 방패》를 뚫을 수 있을 거라는 생각이라도 했나? 얕보지 마라, 갈라테아──전력으로 와라! 나는 그것을 전면으로 쳐부숴 주겠다──!"

"윽. ……그, 그쪽이야말로 얕보지 말라고~…… 하아앗!"

《신국의 방패》──그 이름은 겉치레가 아니었다. 전력으로 상대하지 않으면 당하는 것은 이쪽이다.

그렇기에 갈라테아는 피오나의 말이 도발임을 이해하고서도 가지고 있는 모든 마력을 실어 정면에서 그 생각을 격파하겠다고 결심했다.

언제까지고 에리를 기다리게 둘 수는 없다고──전력을 해방하여.

"뭉개버리겠어──《여신의 물살》──!"

모든 부정을 씻어내고자 방출된, 범상치 않은 홍수의 범람.

하지만 피오나는 이 상황에 처해서도 눈썹 하나 움직이지 않고── 그저 외쳤다.

"——지금입니다, 메이 님——!"

메이, 《신국》의 자매와 같은 이름에 '님'——?

아무리 그래도 도저히 이해할 수 없었던 피오나의 눈에 비친 것은, 《신국의 방패》 피오나 앞으로 뛰쳐나온—— 치맛자락이 몹시 짧은 여성용 백의를 입은 가련한 풍모의 소녀.

"제 《노예 성구》—— 모든 것은 빨아들이세요! 에———잇!"

메이라고 불린 그녀가 손에 든 것은, 일찍이 자애로 가득한 《여신》님이 퍼프렸다고 하는 의료 기구, 주사기——로도 보이지만 바늘은 없고 안아서 들어야 만큼 거대했다.

그런 신기한 기구가, 더더욱 놀랍게도 끝부분으로 순식간에 물살을 빨아들였다. 겉보기로는 명백하게 용량을 넘어갔음에도 모든 물이 주사기 안으로 빨려들어, 갈라테아의 마법은 완전히 무력화되었다.

떡하니 입을 벌린 갈라테아에게, 백의의 소녀는 천사처럼 천진난만한 미소를 띠었다.

"본래는 엉덩이를 깨끗하게 할 때라든지, 그럴 때 쓴다는 모양이지만…… 싸울 때는 이런 식으로 쓸 수 있는 거군요♪ 하지만 이것만이 아니라고요—— 으랏—차!"

무언가 터무니없는 소리를 하는가 싶었는데, 그런 소녀가 의문의 기구 앞머리를 꾹 밀어내자──그 순간, 흡수된 물이 한 점에 집중되는 기세로 덮쳐들었다──!

"말도 안 돼…… 꺄, 꺄아아아~악?!"

최대의 마법을 사용하여 이미 피폐한 몸이었다. 손쓸 도리도 없이 휩쓸려버렸다.

흠뻑 젖어서 위를 보고 쓰러지고는 일어설 틈도 없이, 피오나가 외설스러운 형상의 단검을 들이밀어 더는 움직임을 취할 수가 없었다.

"체크메이트── 당신의 패배다, 갈라테아."

"웃. ……아무래도 그런 모양이네~. 하아~…… 나도 참 무참해라~."

패배했지만 끝은 아니었다. 다음 책략으로 넘어가고자 갈라테아는 손을 들고 입을 열었다.

"알겠어~, 얌전히 붙잡혀줄게~. 란이랑 피도 어차피 그쪽에 있잖아~? 다 같이 감옥에 들어가다니 한심하네~, 정말이지."

일부러 붙잡혀서 두 사람의 위치를 특정하고 틈을 봐서 구출, 탈옥한다.

──그런 갈라테아의 생각을 꿰뚫어 본 듯, 피오나는 냉담하게 말했다.

"먼저 붙잡힌 동료 둘이 아무래도 걱정되는 모양이군. 하지만 안심하도록 해라. 그녀들은 우리 주인께서…… 정중하게, 상응하는 환대를 해주고 계신다. 훗, 후훗."

"윽, 두 사람한테 뭘──! ……아니, 아무것도 아니야, 우후후…… 그렇다면 빨리 만나서 달래줘야겠네~……."

"홋. 뭔가 꾸미고 있는데 알아차리지 못할 거라고 생각하나? 부끄러운 일이지만 나도 음모에 대해서는 얕지 않다. 이대로 데려갈 수는 없겠군. 자, 어떻게 해줄까──."

피오나의 냉엄한 눈빛에 가학적인 어두운 빛이 깃들자── 끼어든 것은 백의의 천사로 착각할 것 같은 미소녀, 메이였다.

"정말이지, 피오나도 참, 그렇게 위협하면 안 된다고요. 갈라테아 씨, 괜찮아요? 우후후, 난폭하게 대하지 않을 테니까 안심하세요."

"! 어머어머~…… 다정하시네, 우후후~♪ (다루기 쉬운 아이야…… 이 귀여운 아이한테 아첨하는 게 지금은 최선의 책략일까. 우후후, 어떻게 마구 휘저어서──)"

"하지만 피오나의 말대로, 그대로 데려갈 수는 없겠네요…… 아, 그렇죠! 제 《노예 성구》로 뱃속을 깨끗하게 해준다든지, 그러면 어떨까요♪"

"그만두십시오. 죽어버려요."

진심으로 "좋은 방법!"이라는 표정인 메이는 순진한 만큼 피오나보다 성가실지도 모른다.

그리고 그때, 숲속에 갑자기 메아리친 것은 남자의 드높은 웃음.

"──후하하하──핫! 자~알 했어, 피오나, 메이!"

어째선지, 정말로 어째선지 굳이 나무 위라는 높은 곳에 올라가 있던 의문의 남자.

그런 그가 도약하여 땅에 착지하자, 세상에나 다름 아닌 《신국의 방패》 피오나가 무릎을 꿇고 메이라고 불린 소녀도 기쁜 듯 말을 던졌다.

"옛! 제 오명을 씻고 싶다는 투정을 받아들여 주셔서 감사합니다…… 크로노스 경."

"크로노스 님♪ 저도 열심히 했어요!"

크로노스── 그렇다, 그를 본 것은 두 번째. 첫 번째는 멀어서 제대로 보지는 못했지만 틀림없었다.

이 남자야말로 이번 타깃, 악한 노예상 크로노스였다.

"윽. ……분하네, 표적을 눈앞에 두고…….

노려볼 수밖에 없는 스스로에게 갈라테아가 화를 내는데── 크로노스는 과연 악한 노예상답게 불온한 미소를 띠었다.

"피오나, 메이, 꽤나 괜찮은 생각이었어── 두 사람의 말은 절반씩 정답이야. 피오나의 말대로, 이대로 아무것도 하지 않을 수는 없지. 그리고 메이의 말대로 난폭하게 대할 수도 없어. 가장 가까운 건 메이의 제안이었을지도── 큭큭큭."

그리 말하며 작은 병을 꺼낸 크로노스가, 갑자기 옷 앞자락을 열어젖혔다.

노출광이냐, 역시 악한 노예상, 지금부터 무슨 짓을 당하느냐며 새파랗게 질린 갈라테아에게──만이 아니라, '이쪽에 있는 세 사람'에게 늠름한 복근을 드러내며 외쳤다.

"이 상황의 최선책은——갈라테아! 네게는 '벌칙 조교'를——피오나, 메이! 두 사람에게는 '포상 조교'를 주는 거야—! 간다, 으랏!"

"허? ……어, 뭐야? 어?" "크, 크로노스 경? 어, 그런 이야기는 못 들었——엇."

당황한 갈라테아와 피오나를 무시하고 기합 한 번, 크로노스가 작은 병에서 흘린 액체를 몸에 끼얹자—— 그 순간, 명치 부분에 의문의 '문장'이 떠올랐다.

그것이 대체 무엇인가, 갈라테아로서는 도저히 알 수 없었다. 그저, 그저 눈에 비치는 것은.

"이것이야말로 《노예 성약》에 따른 새로운 경지——《이 몸 로퍼(Roper) 대작전》이야아아아아!"

크로노스의 복부에 있는 '문장'에서 발생한—— 대량의, 촉수——!!

마치 몬스터처럼 보기에도 기괴한 촉수들이, 해가 떠 있음에도 불구하고 어스름한 숲속에서 미끈미끈 몸을 종횡무진으로 뻗었다.

위를 보고 쓰러져 있는 갈라테아에게 그것을 피할 방법 따윈 있을 리도 없으니.

"어, 어, 저기, 이건 뭐야…… 꺄, 꺄아아~악?!"

사람의 팔 길이 따윈 비교도 안 되고 피오나가 사용한 '하얀 채찍'보다도 대량의 촉수. 뿌리치는 것 자체가 우스꽝스러울 정도였다.

 "히잉?! 웃, 어, 어머어머~…… 이, 이런 곳에서, 뭘 하려는 걸까~? 아, 안 돼, 그런 장난은~…… 저, 저기, 그만── 아, 앙?!"

 평정을 유지하고 달래려는 말 역시도 우스꽝스러운 교성으로 변해버렸다.

 ……다만 정말로 신기한 것은…… 그 촉수가 피오나에게도 향했다는 것.

 "자, 잠깐?! 크크크로노스 경?! 저기, 아니 저기, 어째서 저까지?! 저기─?!"

 몸을 젖힌 자세로 허공에 매달린 피오나가 당연한 불만을 외쳤다.

 하지만 악한 노예상 크로노스는, 갈라테아에게는 터무니없게 들리는 말을 입에 담았다.

 "말은 그러지만, 피오나── 이런 벌칙, 너, 싫어하진 않잖아?"

 "웃! ……아, 아뇨, 그게…… 그, 그렇지는…… 않다고요?"

 앗, 거짓말이다── 갈라테아도 직감적으로 깨닫고 말았다.

 사실 피오나는 얼굴에 홍조를 띠고 눈을 피하는 시늉을 하며 흘끗흘끗, 크로노스와 로퍼를 몇 번이나 보고 있었다. 어떻게 된 거냐, 《신국의 방패》. 무슨 일이 있었나, 《신국의 방패》.

하지만 모든 것을 꿰뚫어 보는 것 같은 크로노스는, 그 로퍼 중 하나를 피오나의──지금 알아차렸지만 의문의 '문장'이 새겨진 등으로 스멀스멀 미끄러뜨리고.

"너는 등이 약한 건 알고 있어── 자, 이 로퍼들은 나 자신이니까 안심하고──포상은 실컷 받아라받아라아─!"
"앗, 앗──아아아아앙♡ 아앗, 굉장해요 크로노스 경, 안 돼애 애앳♡"

《신국의 방패》애애앳! 마음속으로 그리 부르는 갈라테아. 등을 촉수의 끝에 중점적으로 애무 당하여 몸부림치는 피오나를 더는 보고 있을 수 없었다.
참고로 천사 같은 소녀 메이는 도망치지도 않았는지.
그런 그녀까지도 촉수는 가차 없이 붙잡았다……만, 허나.

"와아~, 로퍼 씨, 라고 하나요? 조금 이상한 모습이지만, 이것도 크로노스 님이라고 생각하면 어쩐지 귀여울지도♪ 그래그래♡"
"젠장, 동료일 터인 메이가 가장 힘겨워."

한 조각의 혐오감도 없이 정말로 귀여워했다. 강하다. 천사, 강하다.
하지만 역겨울 터인 촉수들의 시련에 쾌감의 교성을 높이는 피

오나와.

오히려 귀여워하고 촉수의 머리를 쓰다듬는 메이.

이 이상한 공간에서 같은 시련을 받고 있는 탓에, 갈라테아는 어떻게 되어버린 것일지도 모른다. 몸 안쪽, 몸의 깊은 곳에서── 욱씬, 저린 느낌을 받았다.

"하…… 하아, 하앗…… 웃…… 으, 윽…… 핫♡"

새어 나온 숨결이 자신의 것이라고는 여겨지지 않을 만큼 뜨거워졌다. 몸을 따라 움직이는 촉수가 미끈미끈 민감한 곳을 지나갈 때마다 심상치 않은 열기를 느꼈다.

참는다는 행위에 머리가 이상해져 버릴 것 같았다. 그런 갈라테아의 고뇌를 꿰뚫어 본 것처럼, 악한 노예상 크로노스가 그리 여겨지진 않은 자비 깊은 말을 건넸다.

"갈라테아. 있잖아, 갈라테아. 뭘 참아, 뭘 부끄러워해? 여기에는 우리밖에 없다고. 이 몸의 귀여운 노예들은 보다시피 순순히 받아들이고 있어. 아아, 정숙한 갈라테아. 그렇다면 내가, 줄게. 네게 이유를, 줄게."

"웃, 히, 아…… 주, 준다……? 뭐, 뭘……♡"

그는 어쩌면 자신들이 생각하는 만큼 악하지는 않을지도 모른다. 그게, 이렇게나. 이렇게나 다정하게── 속삭여, 주니까.

멍하니, 생각이 정리되지 않는 머리로 갈라테아가 그런 생각을 하는데.

크로노스는 갈라테아에게── 마지막 한마디를, 주었다.

"피오나랑 메이와 '마찬가지로', 사양 말고 느끼면 돼—— 내가 '허락할게."

"————웃♡ 응, 후, 아——후아아아앙♡"

그것은 갈라테아가 지금 이때, 진심으로 바라던 '허락'. 이유를 얻은 갈라테아의 이미 피폐해진 몸이 순간적으로 굳어지고 바싹 긴장하더니.

그 직후 풀썩, 온몸에서 완전히 힘이 빠져버렸다.

이제 의식도 애매. 그저 멍하니, 간신히 들린 것은.

"큭, 큭큭큭, 이것으로—— 세~~~엣."

무언가를 해낸 남자의, 불쾌하면서도 어쩐지 중독성 있는 목소리였다.

■ ■ ■

《용사 공주》 본인을 제외한 파티의 마지막 한 사람, 갈라테아.

크로노스는 확보한 그녀를 안아 들며, 천진난만하게 달려오는 메이와 대체 누구 탓인지 잔뜩 지친 모습인 피오나에게 말을 건넸다.

"메이, 피오나, 잘했어! 이것으로 당면한 최대 목표는 달성이야. 자, 가슴을 펴고 개선하자고—!"

"예—♪ 크로노스 님, 또 로퍼 씨로 놀아주세요♪"

"헉, 헉…… 앗♡ 가, 감사하신, 말씀…… 응♡"

로퍼는 이미 거두었지만, 피오나는 아직 옷 안이 미끈미끈해서 신경이 쓰이는 것일지도 모른다.

그렇게 귀환의 걸음을 서두르기 직전, 메이가 소리 높였다.

"……앗?! 크, 크로노스 님, 언니네가 위험해요!"

그 말에 즉각 크로노스《용사 공주》와 교전하는 다른 노예들 쪽으로 시선을 향했다.

세상에나, 《용사 공주》는 《노예 성구》를 다루는 귀여운 네 노예들을 상대로 그 상태에서 공세로 전환한 모양이었다.

발목을 붙잡는 것 자체는 성공했다지만, 정말로 규격 밖의 존재였다. '이 몸의 귀여운 노예'들이 크게 다치기 전에, 크로노스는 갈라테아를 안아 들며 에리를 향해 외쳤다.

"《용사 공주》 에리여── 물러나라! 오늘 싸움은 이것으로 끝이다!"

"?! 어……엇?! 갈라테아. 어느새…… 큭!"

"이—런! 움직이지 말라고, 이 아이가 어떻게 되어도 상관없나?"

"윽. ……알겠다…… ."

크로노스의 말에 담긴 의도를 깨달았는지, 거의 말은 없지만 에리는 묵묵히 창을 내렸다. 하지만 창을 버리지는 않는 모습을 보면 전의를 잃지는 않은 듯했다.

크로노스의 등 뒤에서 피폐해진 피오나가 귓속말을 했다, 만.

"……크로노스 경, 지금이라면 모두 함께 《용사 공주》를 쓰러

뜨릴 수 있을지도 모릅니다. '지상 최강'이라도…… 《노예 성구》
의 힘도 있다면 결코 불가능하지는…….”

“아니, 오늘은 아무리 그래도 끝이야. 우리 쪽 소모도 너무 격
렬하다는 건 피오나 자신이 잘 알잖아? 에리를 붙잡아둔 넷도 그
렇고, 그만큼 대량의 로퍼를 조종하는 건 나도 힘겨웠어. 확실히
이길 수 있다는 계산이 서지 않는 한, 너희를 무리시키진 않아.”

거기까지 말하자 피오나는 충분히 납득했는지 순순히 물러났
다.

그럼, 중요한 것은 현 상황의 중재 방법인데, 크로노스에게 망
설임은 없었다.

“《용사 공주》 에리——또다시 멋진 싸움, 감탄했어! 하지만 란
과 피는 우리 근거지에 잡혀 있고, 지금 또 갈라테아로 이렇게 우
리 수중에 붙잡혔다!”

“……그래. 그래서, 어떻게 할 생각이지? 모두에게 손을 댈 생
각이라면…… 나는.”

“그렇게 서두르지 말고. 안심해—— 이 이상, 세 사람에게는 아
무것도 안 하겠다고 약속하지. 단 하나, 에리 네가 '어느 조건'을
받아들인다면, 말이야.”

크로노스의 말에 에리는 손에 든 창을 움직이지는 않고 묵묵히
귀를 기울였다.

그리고 《용사 공주》 에리에게 크로노스가 제시한 '어느 조건'이
란.

"내일, 해가 중천에 떠올랐을 때── '결전'이다! 모든 결판을 내자!"

"! ……'결전'?"

인질까지 잡은 크로노스가 굳이 '결전'을 제안했다는 사실을, 에리는 수상쩍게 여기는 듯했다. 그렇지만 그녀에게 선택의 여지가 없다는 것을 크로노스는 간파하고 있었다.

"……알겠, 어. 나는, 도망치지도 숨지도 않는다…… 제안을 받아들이겠다."

"──좋아! 그럼 결정이네. 오늘은 이걸로, 서로 창끝을 거두자!"

우선은 결판을 고한 크로노스가, 역시나 완전히 지친 리아라 일행에게도 철수 신호를 보냈다. 단숨에, 는 아니고 천천히. 크로노스를 맞이할 준비를 하며 그들 넷은 본거지로 이어지는 문 앞에서 지켜봐 주었다.

숲의 나무 뒤에 숨겨두었던 말을 불러서 피오나는 메이를, 크로노스는 갈라테아를 태우고 올라탔다. 유유히 개선하는 크로노스에게 조금 떨어진 장소에서 에리가.

"악한 노예상, 크로노스. 틀림없이 후회할 거야. 나…… 누구에게도 지지 않으니까."

그것은 긍지도 허세도 아닌, 절대적인 자신. 당연하다는 듯 던진 말.

하지만 크로노스는 전혀 표정을 바꾸지 않는《용사 공주》에게 웃으며 말했다.

"그런가, 하지만 에리―― 틀림없이 너는 '잘 됐다'고 생각해. 나랑 만날 수 있어서."

"?! ‥‥‥‥‥허, 헛소리."

틀림없이 크로노스가 아니었다면 보지 못했을 정도의 한순간, 무표정이었던 에리의 얼굴에 어렴풋이 당황의 심정이 스며들었다. 그것을 보고 만족하여, 크로노스는 말을 빨리 몰았다.

"후하핫! 뭐, 그건 금세 알 수 있을 테지! 하지만 지금은―― 안녕이다!"

거친 황야를, 같이 말을 모는 피오나를 거느리고 달려갔다.

떠날 때 크로노스가 단 한 번, 에리 쪽을 돌아보자.

"‥‥‥‥‥‥."

《용창 트리아나》를 들고 고개를 숙인 그녀의 모습이 시야에 들어오고.

툭, 크로노스가 작게 중얼거렸다.

"‥‥‥뭐, 쓸쓸한 건 아주 잠깐뿐이야. 금방 맞이하러 갈게."

훗, 하며 니힐(자칭)한 미소를 띠고 계속에서 크로노스가 던진 것은.

"――이 몸의 귀여운 노예로서 말이야! 후하하하―핫!"

말을 몰며, 드높은 그 웃음은 푸른 하늘로 빨려들었다.

■ ■ ■

갈라테아는 지금 눈을 뜨기 직전의, 선잠에 들어 있었다.

온몸을 기분 좋은 권태감이 감쌌다. 원래 쉽게 깨는 편은 결코 아니지만, 이대로 다시 잠들어버리고 싶다는 충동에 사로잡혔다.

하지만 그리할 수는 없다── 정신을 잃기 직전의 일을 퍼뜩 떠올리고.

"──윽?! 하아, 하아…… 앗?! 나, 난 어떻게…… 어?"

잠에서 깼을 때에는 마침 해가 지려던 참이었다. 창문으로 그것을 바라보고 그제야 간신히 자신이 지금은 실내에 있음을 이해했다.

감촉이 좋은 모포, 대체 누가 덮어주었을까 생각하는 사이에.

"──깬 모양이네, 갈라테아."

"……엇?! 다, 당신은…… 피오나?!"

벌떡 일어나서 거리를 벌리려고 했지만, 만족스럽게 몸은 움직이지 않아서 일어나는 것이 고작이었다.

꾸물꾸물 뒤로 물러날 뿐인 갈라테아에게, 하지만 피오나는 냉정하게 이야기했다.

"무리할 필요는 없어. 크로노스 경은 마음이 넓은 분이야. 나쁘게 대하지는 않아…… 네 동료인 두 사람처럼."

"! 그, 그래…… 둘은, 란이랑 피는, 어디 있어?!"

"훗, 말했잖아? 정중하게 환대해주고 있다…… 후훗, 안 들려?"

"어…… 아, 안 들리냐고. 뭐가……──?!"

피오나의 말을 듣고 귀를 기울이자, 확실히 들렸다. ──듣고
말았다.

『앗, 아, 앗…… 괴, 굉장해…… 나, 이런 거…… 이제, 안
돼──!』

『거, 거짓말…… 이런 거, 처음…… 처음, 이에요…… 꺄, 꺄
아──!』

"──란, 피──!"

역시 갈라테아가 상상한 그대로였다. 악한 노예상의 환대, 그
것이 무엇을 의미하는가. 둘은, 아아, 둘은 얼마나 계속 굴욕을
당하고 있나.

조금 전까지 움직이지 않았던 몸이, 다리가 거짓말처럼 활성화
된다.

둘의 목소리가 들리는 그 문 앞에 서서──있는 힘껏 열어젖히
고──!

"란, 피, 괜찮아──어?! 뭐야…… 이, 이건……!"

그곳에 펼쳐져 있던 것은── 갈라테아도 상상할 수 없었던,
터무니없는 광경──!

"괴, 굉장해…… 아테나 씨의 요리, 엄청 맛있어───! 어떻게
된 거야, 이런 건 이제까지 먹어본 적 없어~~~…!"

"그, 그래? 다행이야…… 잔뜩 있으니까, 마음껏 먹어…… ♪"

"세, 세상에. 나, 그런 거…… 정말이지, 안 된다고~……!"

……터무니없이 호화로운 요리를, 울먹이면서 마구 먹는 란의 모습.

그리고 피는 어떠냐면, 흥분하고 있었다. 너무도 흥분한 모습으로——!

"와, 와…… 굉장한 회복 마법! 괴, 괴, 굉장히 성스러운 힘, 느껴져요!"

"그, 그런가요? 으—음, 저는 그 정도는 아니라고 생각했는데……."

"그렇지 않아요! '일곱 나라'의, 어떤 이름 높은 현자 분한테서도 이런 힘은 느껴지지 않아요…… 리아라 언니, 굉장하세요!"

"으음~. 리아라 언니는, 메이의 언니인데요~……."

피는 리아라와, 그리고 좀 전의 메이라는 소녀와 완전히 친해진 모양이었다—— 헌데 《신국 아리에스》의 자매 공주와 똑같은 이름인 것 같은데, 기분 탓일까. 기분 탓이었으면 좋겠다.

란과 피는 다행히도 무사……하다는 것을 넘어, 아주 건강했다.

그런 그녀들을 보고 떡하니 벌린 갈라테아의 입에서 멋대로 흘러나온 것은.

"……어~~~……?"

완전히 맥 빠지는, 곤혹스러운 목소리와 동시에 풀썩, 그 자리에 주저앉아버렸다.

"……아─아, 정중하게 환대한다고 말했는데도 안 믿으니까."

뒤에서 무어라 말하는《신국의 방패》가 있지만, 이곳이 적진이라는 사실을 알면서도 갈라테아는 그대로 츱을 날리고 싶다는 충동에 시달렸다.

하지만 주저앉은 갈라테아를 알아차렸는지 란과 피가 달려와서.

"앗…… 가, 갈라테아 씨─! 무사했구나, 다행이야~!"

"저, 정말 다행이에요…… 갈라테아 씨도 이쪽으로 왔군요. 휴우……."

'이쪽으로 왔다'라는 피의 표현은 아무래도 마음에 걸리지만, 갈라테아도 지금은 두 사람이 무사하다는 사실을 기뻐했다.

"어, 으응. 란도, 피도 무사한 모양이라 다행이야~…… 둘 다, 다친 곳은 없어? 너희도 뭔가 지독한 짓을 당했잖아~?"

그 악한 노예상에게 촉수 공격을 당한 사실을 떠올리고── 욱씬, 몸 안이 뜨거워지는 것은 마음의 흔들림이라 얼버무리며 갈라테아가 묻자.

란과 피는 어리둥절, 서로 얼굴을 마주 보고 밝은 미소로 대답했다.

"그게 의외로…… 저─언혁! 나도 처음에는 엄청 경계했는데…… 다들, 맥 빠질 정도로 다정해서!"

"거리도…… 엄청 발전해서 놀라버렸어요.《여신마저 포기한 땅》이라고는 믿을 수 없을 만큼…… 동경하는 사람이랑도 만나버 렸어요."

갈라테아의 걱정도 모르고 두 사람은 흥분한 듯 떠들어댔지 만──갑자기, 정말로 갑자기.

""게다가………… 앗♡""

남자 같은 란이, 유약한 피가 아주 한순간, 황홀한 여자의 표정 으로 변모했다.

오싹, 갈라테아의 등줄기에 소름이 돋았다. 두 사람의 시선은 갈라테아의 등 뒤를 향하고 있었다. 그곳을 향해, 거의 넋이 나가 서는 란과 피가 동시에 입에 담은 말은.

"크…… 크로노스 두목……♡" "크로노스 두목님……♡"

마치 주인님이라도 발견해서 응석을 부리는 고양이처럼, 교태 를 머금은 요염한 목소리.

돌아봐서는, 안 된다. 그곳에, 바로 뒤에, 있다.

남자를 기피하던 란과 피를 이렇게까지 함락시킨, 잔학무도한 존재가.

그리고 갈라테아에게도 그런──그런 짓을 한, 밉고, 밉고──.

"오, 깨어났나── 갈라테아."

"──으으읏."

움찔, 갈라테아의 몸이 맞서려는 뜻과는 정반대로, 떨렸다.

공포 때문이 아니다. 이제는 이해할 수 있다. 몸 안쪽, 깊은 곳에 새겨진 것처럼.

천천히 돌아보며── 갈라테아가 그를 올려다보며 건넨 말은.

"⋯⋯크로노스⋯⋯ 두목, 님⋯⋯♡"

완전히 굴복한, 요염한 희열의 목소리였다.

■ ■ ■

밤도 깊어 크로노스가 큰 의자에 앉고 란, 피, 갈라테아까지 붙잡은 세 사람이 눈앞에 나란히 있었다. 딱히 아무런 말도 안 했는데, 어째선지 다들 한쪽 무릎을 꿇었다.

의자 오른편에는 리아라가, 왼편에는 아테나가 서고── 무릎 위에는 어째선지 고양이귀를 단 노노가 고롱고롱 목을 울리며 늘어져 있었다.

"흠, 노노. 거기, 자기에는 불편하지 않아? 비켜줘도 되는데?"

"야─옹."

"그런가. 뭐, 노노가 행복하다면 그게 제일이야."

"야─옹♡"

사실 무릎에 꽤 **오고** 있지만, 애완 고양이(?)의 투정을 들어주는 것도 주인의 소견. 목덜미를 간질여 귀여워해 주자 노노냥도 기뻐해 주었다.

그건 제쳐놓고, 크로노스는 진짜 주제로 들어가고자 눈앞의 셋에게 말을 걸었다.

"자, 사이좋은 셋이 이렇게 또다시 나란히 있다니 기쁜 일이야. 조~금 억지스러운 형태가 된 건 미안하지만, 거기에도 이유가 있어서 말이지. 있잖아── 갈라테아."

이 이야기는 오래 끌 생각은 없다며 크로노스는 얼른 핵심을 찔렀다.

"갈라테아의 입장은 지금──《마법 대국 엔테》의 스파이, 로군?"
"──어?!"

크로노스의 말에 가장 먼저 반응한 것은 갈라테아가 아니라 란이었다.

"무, 무슨 소린가요. 갈라테아 씨는《용국 트리아나》의,《용사 공주》를 섬기는 측근⋯⋯이, 이에요.《마법 대국》이라니, 무슨⋯⋯."

"안타깝지만, 이미 정보는 얻었어. 이건 헛소리가 아니라 확실한 이야기야."

확신을 가지고 말한 크로노스가 아직 납득이 가지 않는 모양인 란과, 그리고 당황한 피에게 조용한 말투로 설명했다.

"이 몸의 노예는, 남자는 팔아치우고 여자는 수중에 두는 게 기본── 하지만 그밖에, 그 여자들 중에 난이도가 높은 일을 할 수 있는 귀여운 아이들이 있어. 가정교사나 메이드 같이, 희망하는 손님의 요청에 맞추어 타국으로 파견하는── 이름을 붙이면 '딜리버리 노예'라고 할까.

척, 검지를 세우며 크로노스는 '딜리버리 노예'의 특수성을 이야기했다.

"그녀들에게는 겉으로 하는 업무 말고도 뒤로 임무를 맡기고 있어. 정보 수집, 첩보 활동을 주로 하고 필요하다면 교란이나 파괴 공작 등도 하지. 각각 소양이 있는 사람을 선발해서 특수한 훈련을 하고 있으니까 체술 등으로도 뛰어나다고."

"노노가 길렀어. 이예──이. ……야옹, 야옹."

"후아아, 금방 또 냥이로 돌아왔잖아. 뭐, 표면적인 업무만으로도 각국에서 충분한 정보를 가지고 돌아오지만 말이지. 그래서, 그런 그녀들한테서 정보를 얻었는데──《마법 대국》에서 유학한 갈라테아. 네 이름이 스파이로 언급되었어."

크로노스가 간단하게 마무리하자, 역시나 믿을 수 없는지 란이 소리를 높였다……만.

"그, 그런 거, 증거는 없잖아! 그게, 갈라테아 씨가, 세상에──."

"…………아니, 란. 그 사람의 말은, 사실이야."

"어. ……무슨!"

순순히 긍정한 갈라테아를 보고 란은──반사적으로 붙잡으려 했다.

"무슨 소리야?! 설마 이번 《마법 대국 엔테》의 의뢰도…… 그런 경위로?! 《마법 대국》의 이익이 되니까, 그러니까 에리 님을 부추기고 무리를 시키면서까지…… 갈라테아 씨, 아니, 갈라테아! 대답해!"

"자, 잠깐, 란! 지, 진정하고…… 가, 갈라테아 씨?!"

사이에 있던 피가 란을 말리는 동안에도, 갈라테아는 침묵하며 변명도 하지 않았다.

하지만 그때 대변자로 나선 것은 이 이야기를 시작한 크로노스였다.

"뭐, 잠깐만 란. 갈라테아는 딱히 《마법 대국》을 위해서 일한다는 게 아냐. 오히려 갈라테아는—— 란, 피, 그리고 에리를 지키려 하고 있어."

""…………어?""

날뛰던 란과 말리던 피가 동시에 어리둥절했다.

지적을 당하자 더더욱 고개를 숙인 갈라테아도 포함하여, 크로노스는 온화한 말투로 사실을 이야기했다.

"《용국 트리아나》는 《마법 대국 엔테》의 지원이 없으면 성립되지 않는, 가난한 나라야. 그런 《용국》이 《마법 대국》의 임무를 거절하면, 의리에 어긋난다며 《마법 대국》에 침략의 구실을 주고 말 가능성도 있어. 그래서 나라가 멸망하면 에리는 물론 란이랑 피도 불행의 길을 걷게 되겠지. 그걸 피하기 위해서 갈라테아는 굳이 스파이의 입장을 취하며, 가능한 한 원활하게 임무를 수행할 수 있는 체제를 만들었던 거야."

크로노스가 거기까지 이야기하자, 그래도, 라며 란은 분하다는 듯 반론했다.

"읏, 그런 건…… 우리랑도 이야기를 나누면 되잖아! 스파이라니, 그런 짓을 안 해도 제대로 이야기를 해주면——!"

"그럴 수 없는 이유도 갈라테아한테는 있었어. 감시당하고 있거든, 갈라테아는. 《마법 대국》을 배신하지는 않는지, 말이야. 스파이라는 사실을 밝히지 않은 것도, 충성심을 증명하려는 행동의 일환. 그런 나라거든, 《마법 대국》은 음모를 정말로 좋아하니까."

"뭐, 야…… 그런 건…… 비겁해……!"

"물론 이 몸에게 붙잡힌 지금은 감시의 눈길을 벗어났지만. 뭐, 애당초 너희를 붙잡은 건 그것 때문이지만."

의도를 밝히자 피가 무언가를 깨달은 듯 크로노스에게 물었다.

"그, 그럼…… 크로노스 두목님이 갈라테아 씨를 붙잡았을 때, 이상하게 악역처럼 행동하던 것도…… 감시의 눈길을 속이기 위해서? 그, 그랬군요!"

"아니 뭐, 거의 대부분은 취미였지만."

"거, 거의 개인감정인가요—?!"

두둥, 피는 충격을 받았지만 진실이니까 어쩔 수 없다.

그리도 그때, 이제까지 침묵하던 갈라테아가 간신히 입을 열었다.

"……정말이지, 말씀하시는 그대로야~. 하지만 에리의 무력에 의지해서 멋대로 조작하던 것도…… 사실이야~. 그러려고 측근이 된 것도…… 임무를 수행하도록 만들기 위해서 의식을 돌리도록 만든 것도. ……아무것도 모르는 에리를, 내가, 속여서——."

"에리는 알고 있어."

"…………어?"

헉, 하고 고개를 든 갈라테아에게 크로노스는 그저 자신의 견해를 이야기했다.

"전장을 보면 이해할 수 있어. 단순히 강하다는 것만으로 지상 최강이라 불릴 정도가 될 수는 없지. 에리는 감이 날카롭고 총명한 아이야. '무통증'과 '불감증'도 현명한 것과는 관계가 없고."

"! 어…… 어떻게 그걸, 알고……."

"후하하, 역시 정답인가. 그렇지? 이렇다시피 내 눈에 이상은 없지?"

역시 '무통증'과 '불감증'은 사실이었는지 놀라는 갈라테아와, 몰랐는지 당황하는 란과 피.

그런 세 사람에게 크로노스는 가볍게 웃으며 말했다.

"정말이지. 전부 알고 있으면서 에리는 란이랑 피, 그리고—— 갈라테아, 널 위해 《용사 공주》로서 창을 휘두르는 거야."

"읏! ……에리……."

또다시 고개를 숙인 갈라테아 눈 아래의 바닥으로 뚝, 뚝 아름다운 방울이 떨어졌다.

란도 입술을 꽉 깨물고, 피도 옆에서 갈라테아의 등을 쓰다듬으며 위로했다.

그리고 크로노스는 다시 이야기를 계속했다. 그녀들을 위하여, 앞으로 해야 할 일을.

"하지만 영원히 그렇게 계속 무리할 수는 없어. 실제로 지금 이

순간, 너희는 내게 붙잡혀 있어 지상 최강의 《용사 공주》도 상대와 상황에 따라서는 패배하는 날이 올지도 몰라. 예를 들어 《여신의 성구》를 상대하게 된다든지."

가능성의 이야기를 언급하자면 끝은 없지만, 그런 가능성들도 이제 곧 무의미해진다.

"그러니까── 지상 최강의 《용사 공주》는 내일, 처음으로 패배해야겠어. 다른 누구도 아니고 바로 이 몸에게. 그건 당연히── 그녀를 멋지게 구해주기 위해서야!"

"! 두, 두목!" "두목님!" "웃…… 두목니임……!"

란, 피, 갈라테아의 시선을 한몸에 받으며.

사납게 웃는 크로노스는 결코 흔들림 없는 자신감과 신념에 따라, 그저 외쳤다.

"《용사 공주》 에리를── 이 몸의 귀여운 노예로 함락시키고──행복하게 만들어주겠어! 기다려라! 후하하하핫─!"

지상 최강의 《용사 공주》를 상대로 상정했으면서도 당당한 선언.

……하지만 오른쪽 옆에 있던 리아라는 썩 내키지 않는 표정을 띠고 있었다.

"……저, 저기! 사정은 알았고 불평 같은 건 없지만…… 대전제로, 다름 아닌 지상 최강의 《용사 공주》 분에게 이길 수 있을까요? 그녀는 정말로 엄청 강하다고요……?"

오늘도 실제로 싸웠던 리아라의 말이다. 생생한 감상이 느껴졌다.

하지만 크로노스는 태연하게, 아무것도 아니라는 듯 웃음을 띠었다.

"이것 참, 무슨 말을 하나 싶더니. 리아라, 오늘까지 너한테 바니걸을 시키거나 투명화한 상태로 귀여운 장난을 친 게 그저 취미였다고 생각해? 훗훗훗, 네 '문장'에는 이미 충분하게 힘이 깃들어 있어."

"취미라고 생각했는데요. ⋯⋯어? 어, 저기, 그 말은⋯⋯ 어."

아무래도 리아라 역시 터무니없는 가능성에 생각이 미쳤는지── 크로노스는 더욱 깊게 히죽 웃으며 단언했다.

"지상 최강의 《용사 공주》에게 승리하는 가장 큰 열쇠는── 그래! 이 몸의 귀여운 《공주 노예》, 리아라, 바로 너야──!"

"어. ⋯⋯어, 어어어～～～?!"

크로노스가 드러낸 절대적인 자신감에, 당사자인 리아라 본인은 그저 놀랄 수밖에 없는 모양이었다.

제5장

지상 최강의 《용사 공주》씨가……
서, 설마 크로노스의 동료가?!

바칠게. 내 몸도, 마음도──
이 창도, 모두──!

드디어 맞이한,《용사 공주》에리와의, 결전의 시간.

태양이 중천에 떠오른 무렵, 이미 기다리고 있던 에리와 황야에서 대치한 것은.

크로노스와, 그리고── 귀여운《공주 노예》리아라뿐.

"? 노예상…… 어떻게 된 거지? 당신의 동료, 더 있었을 텐데?"

그리 묻는 에리에게 크로노스는 사납게 웃으며 대답했다.

"그래, 물론 있지. 하지만《용사 공주》에리── 여기에 있는 이 몸의 귀여운 노예는, 너와 일대일로 충분히 싸울 수 있는 인재야."

"……그래, 의미 불명이네. 어제 싸웠지만 그렇게 느껴지진 않았어. 하지만…… 당신의 말이 진실이라도, 무언가 책략이 있을지라도 상관없어."

《용창 트리아나》를 치켜들고 세련된 아름다움마저 느껴지는 동작으로 자세를 잡은《용사 공주》가, 베일 듯 날카로운 눈빛을 던졌다.

"악한 노예상 크로노스── 당신만 쓰러뜨리면 모두 끝. 그것뿐이야."

이 결전의 시작에 신호 따윈 없다── 그 말 직후,《용사 공주》의 창끝이 크로노스를 향해 들이닥쳤다.

전격을 퍼부어도《노예 성구》를 가진 여러 명이 덤벼도 전혀 통하지 않았던 존재였다. 검을 뽑는 것도 무의미, 크로노스는 우두커니 서 있었다.

하지만 그것은 포기한 것도, 자살을 희망하는 것일 리도 없었다.

그저 크로노스는──자신의 《공주 노예》를 믿고 있을 뿐이었다──!

"《용사 공주》 에리 씨! 제가── 리아라 아인스바하 페리노트 아리에스가 상대하겠어요!"

에리의 눈앞으로 리아라가 자신의 이름을 말하며 막아섰다.

그녀의 손에는 기본 장비인 딜도마저 들려 있지 않았다. 지금 리아라는 완전한 무방비 상태라는 의미였다.

하지만 그 또한 의도에 따른 것. 크로노스는 사전에 이야기한 내용을, 여기서 재차 그녀를 향해 외쳤다.

"자, 리아라. 날 믿고 '그것'을 불러──!"

"예, 크로노스──당연히 믿어요!"

하늘을 향해 손을 든 리아라가 드높이 부른 것은──!

"《신검 아리에스》여──《공주님》인 내 곁으로, 오라──!"

리아라가 들어 올린 손 바로 위로, 태양에도 지지 않을 빛이 번쩍였다.

그곳은 분명 아무것도 없는 공간이었다. 하지만 확실히 지금

그곳에는.

신성한 빛을 발하는, 날 없는 검——《신검 아리에스》가 나타난 것이었다——!

《신국의 공주님》인 리아라가 자신만이 다룰 수 있는 신기를 손에 들었다. 《용사 공주》에리는 이 사태에도 일체의 동요마저 보이지 않고 창을 내질렀지만, 허나.

"물러요! 야아아아아앗!"

"! 윽…… 그건 뭐야."

리아라가 《신검 아리에스》를 휘두르자 이제까지 그 무엇도 통하지 않았던 《용사 공주》와 《용창 트리아나》가 처음으로 제자리걸음을 하고는 뒤로 물러났다.

공간마저도 도약하여 리아라의 손에 들어온 《신검 아리에스》—— 기적이라고도 부를 수 있을 현상은, 하지만 《여신의 성구》로서 어려운 일이 아님을 크로노스는 알고 있었다.

'신탁'을 받은 《공주님》이 바라면 어떠한 장소에 있고 어떠한 때일지라도 관계없다. 반드시 《공주님》 곁에 나타난다.

그렇다, 《신검 아리에스》를 예로 들어 굳이, 굳이 말하자면——!

'여신님의 상상 속 고ㅇ'는 공간마저도 뛰어넘는 것이다——!

"잠깐, 지금 당장 크로노스를 때리고 싶은데 괜찮을까요—?!"

"오늘은 사양입니다요! 게다가 리아라, 그럴 여유는 없다고─?!"

"으~, 알고 있어요! 웃, 큭……《용사 공주》양……!"

리아라가 휘두른 《신검 아리에스》는 공간마저도 삭제하는 무적의 보검. 크로노스에게 충분한 '조교'는 받았으니 그 힘도 유감없이 발휘할 수 있다.

그럼에도 리아라와《신검 아리에스》는《용사 공주》를 튕겨내는 것이 고작이었다.

《용사 공주》에 대해서── 무시무시한 사실이 있다.

그녀가 가진 《용창 트리아나》는《여신의 성구》다. 하지만《여신의 성구》는 진정한 '사용법'을 모르는 한, '진정한 힘'을 발휘할 수는 없다.

《용사 공주》와 오래 알고 지낸 갈라테아 왈, 에리는 성에 관한 지식으로는 완전히 둔감하다나. 안 그래도《여신의 성구》가 '이세계의 성적인 도구'라는 것은 거의 아무도 모르는 사실이었다. 당연히《용창 트리아나》의 '진정한 힘'은 쓸 수 없다는 이야기였다.

다시 말해 에리는──《용창 트리아나》를 '평범한 창'으로 다루며, 이제까지 온갖《노예 성구》를 능가하고 지금은《신검 아리에스》와 싸우는 것이었다.

물론 수백 년 이상이나 존재하며 형태마저 변하지 않은《여신의 성구》의 튼튼함이 있었기에, 공간마저도 삭제하는《신검 아리에스》와 싸울 수 있다고 할 수 있겠지만.

그럼에도 결국 에리는 거의 자신의 실력으로 싸우고 있다는 의미──이것이야말로《용사 공주》의 무시무시한 사실이다.

그 사실은 크로노스도 사전에 리아라에게 전해두었다. 그렇기에 흐트러지지는 않았지만, 사실을 눈앞에 두고 놀라움을 감추기는 어려운지.

《파괴신》마저도 압도했던 리아라와《신검 아리에스》를 가지고도, 그럼에도 맞서는 것이 고작인 빼어난 무력.

이것이 용사 공주──지상 최강의《용사 공주》, 에리 플래터 트리아나──!

그런 절세의 미녀를 바라보며 크로노스는 계속 생각했다.

'에리는『불감증』이고『무통증』이지만, 동료들은 그녀가 상처를 입어도 금세 낫는다고 그러던데. 피의 회복 마법 없이, 말이야. 이건 아마도『신탁』을 받으며 생긴 부수적인 효과. 그렇기에 이제까지 위중한 질환도 없었다고 하지. 그리고──.'

땅을 박차고 하늘을 날듯, 땅을 두드리면 토양을 분쇄하듯.

인간을 벗어난 힘을 발휘하는《용사 공주》의 특징도 '무통증'과 관계가 있다.

'에리에게는 리미터가 없는 거야──통증이 없기에 육체의 한계를 초월한 움직임이 가능해. 게다가 손상된 근섬유는『신탁』에 따라 회복되고, 더욱 단련된다. 에리의 아름답고 가는 저 팔도, 길고 늘씬한 다리도 눈에 보이진 않는 상식 밖의 밀도를 가졌을

테지. 이것 참, 정말로, 지상 최강의── 절세의 미녀구나!'

응, 응. 크로노스가 감회 깊이 고개를 끄덕이는 동안에 리아라의 검이 번뜩이고.

"! 지금이에요. 타아아아아앗!"

"음……!"

리아라가 비스듬히 펼친 회심의 일격이 《용창 트리아나》의 창끝을 때렸다.

이제까지의 전투 가운데 가장 크게 튕겨 나간 에리를 보고 크로노스는 신호를 외쳤다.

"지금이야── 아테나! '그것'을 발동해줘!"

"……예, 크로노스 님……!"

아무도 없을 터인 장소에서──《노예 성약》으로 '투명화'한 상태였던 아테나가 투척한 것은 로터 하나. 다만 색깔은 칠흑으로 물들어 있어서.

"뭐지? 불꽃도, 전격도 내게는……──어?"

공중을 가로지르는 칠흑의 로터에서 펼쳐진 것은 애초에 공격이 아니었다.

가릴 것은 거의 없는 이런 대낮에, 그곳에만 밤의 장막이 내리듯──점점 '어둠의 결계'에 갇히는 그것이야말로 '다크 로터'의 능력이었다──!

■ ■ ■

외부에서는 단절된 결계 안쪽에서, 풍경은 새카맣게 물들었음에도 내부에 있는 인간만은 선명하게 확인할 수 있었다.

크로노스와 아테나. 《용사 공주》 에리, 그녀와 싸우던 리아라.

그리고 지금 막 '투명화'를 풀고 나타난 세 사람.

"——에리 님!" "에리 언니……." "……에리~……!"

란, 피, 갈라테아——그렇다, 《용사 공주》 에리의 동료들이었다.

"어…… 다, 들? 어째서, 여기에…… 붙잡혀 있던 게."

갑작스러운 재회에 놀란 에리에게 세 사람이 달려갔다.

가장 먼저 말을 건넨 것은 에리를 신봉하는 피였다.

"에리 언니…… 죄송해요, 저희, 아무것도 모르고…… 에리 언니한테 계속계속, 무리를 시켜서…… 으으, 으, 흐에에~엥……."

"피? ……혹시 들었어?"

에리의 짧은 물음에, 울음을 터뜨린 피가 아니라 란이 대답했다.

"갈라테아 씨한테 들었어. 《용국 트리아나》를 위해서…… 아니, 우리를 불행하게 만들지 않으려고 에리 님은 싸워주었다는 거. 하지만…… 이제, 이제 됐어! 그렇게 무리하지 않아도…… 우리, 크로노스 두목한테도 나쁜 짓은 안 당했으니까!"

"란…… 응? 크로노스…… 두목? ??"

에리가 위화감에 고개를 갸웃거리는데 마지막으로 갈라테아가 말을 건넸다.

"에리. ……나는 너에게 사과해야만 해~…… 임무를 수행하도록 만들려고, 나는 에리를 편리하게 조종하려 들고……."

"갈라테아, 하지만…… 내가 하지 않으면《마법 대국 엔테》가 무슨 짓을 할지……."

"……정말로 알고 있었구나. 하지만…… 이제 괜찮아. 나도, 스파이 따윈 그만둘게~. 앞으로는…… 에리는, 에리 자신을 위해서 살아도 돼."

"……하, 하지만.《마법 대국》의, 감시의 눈이."

《마법 대국》── 그리 불릴 만큼 독자적인 마법 기술은 크게 발전했다. 갈라테아의 말로는, 감시는 '천리안의 마법'을 사용하여 어디서 보고 있는지 알 수 없었다.

역시 에리는 전부 알고 있었다. 알면서도 모든 것을 받아들이고, 동료들을 위하여 전장에 몸을 둔 것이었다.

마음씨마저도 강하고 아름다운, 그런 에리에게 크로노스가 말을 건넸다.

"안심해, 에리! 그런 일들은 내가 전부 어떻게든 할게! '천리안의 마법'이라고는 하지만 거리에도 한계가 있어. 내 귀여운 노예들은 우수하니까── 크큭, 이렇게 눈속임을 하는 동안에 이미 감시자의 위치를 알아냈을지도 모른다고!"

"! ……노예상, 크로노스…… 당신, 대체……."

"이것 참, 일일이 노예상이라고 부르는 건 답답하잖아. 좀 더 가볍게 불러. 여하튼 지금부터 에리도── 이 몸의 귀여운 노예가 될 테니까!"

"어. ……어, 예?"

무(無)라고 할 수도 있는 에리의 표정에 또다시 당황의 기색이 떠올랐다. 그녀의 동료들의 이야기로는, 이것은 정말 드문 일이라 크로노스와 만날 때까지 거의 본 적도 없었다나.

그건 제쳐놓고, 당연히 납득하지 못하는 듯한 에리에게 크로노스는 설득을 시도했다.

"《마법 대국 엔테》가 네게 무엇을 주지? 지원인가, 나라 유지인가? 그건 정말로 에리가 바라는 일인가? 아니, 아니겠지── 그럼, 없잖아."

"웃. 웃…… 뭐야. 네가 나에 대해서 뭘 안다고──!"

동료들을 뿌리치고 에리가 《용창 트리아나》를 겨누며 다가왔다.

"앗, 크로노스!" "크로노스 님…… 어?"

반사적으로 리아라와 아테나가 그를 지켜주려고 했지만── 크로노스는 무방비하게 앞으로, 즉 에리를 향해 나섰다.

"위험해!"라며 리아라와 아테나의 목소리가 겹치는 가운데, 크로노스는.

"에리. 내 것이 되라. 나는 네게── '줄' 수 있어."

"──어?"

창을 들고 돌진한 에리가 눈을 크게 뜨고 다리를 멈췄다.

그녀 스스로 어째서 자신이 멈췄는지 알 수 없는 듯했다. 그저 크로노스는 결과적으로 내민 형태가 된 《용창 트리아나》의 창자루에 손을 대고.

"아…… 꺅."

에리의 손에서 천천히──《여신의 성구》를 받아들었다.

"나, 나…… 어째서? 노예……상. ……크, 크로노, 스?"

지상 최강의 《용사 공주》는 싸우고자 하면 맨손일지라도 싸울 수 있을 것이다. 크로노스의 목 정도는 순식간에 부러뜨리는 것도 가능할지 모른다.

하지만 그녀는 그러지 않았다. 그저 곤혹스러운 눈빛으로 바라봤다.

그런 에리에게 웃음을 건네자 그녀는 더욱 당황한 모양이지만, 크로노스는 말을 멈추지는 않았다.

"괜찮아, 에리── 걱정하지 마. 나는 말이지, 내 '귀여운 노예'는 무슨 일이 있어도 반드시 행복하게 만들 자신이 있어! 모두 내게 맡겨둬. 후하핫─!"

보란 듯이 크게 소리 내어 웃자, 또다시 어리둥절하고 마는 에리.

하지만 등 뒤에서 건넨 리아라의 목소리는 화사해서 기분이 좋았다.

"우후후…… 크로노스는 있죠, 항상 자기 멋대로지만…… 정말로 에리 씨를 구할 생각이었어요. 그런 모습이…… 살짝, 멋있어요♪"

"응? 이것 참, 리아라── 살짝이 아니라 엄청 멋있어요 정말 좋아해요 항상 당신을 생각하고 있어요, 를 잘못 말한 거 아냐?"

"……노코멘트예요. 어, 어흠! 하지만, 어쨌든──《용사 공주》양이 처음으로 패배하게 만들겠다, 그런 위악적인 소리는 말고 순순히 구하겠다고 그러면 될 텐데. 후훗, 의외로 부끄럼쟁이네요, 크로노스♪"

드물게도 장난스러운 미소를 띠는, 살짝 악마 같은 리아라, 귀엽다.

하지만 크로노스는 어리둥절, 고개를 갸웃거리며 대답했다.

"? 무슨 소리야── 지금부터 에리는 내게 패배할 거라고?"

"어." "엇."

의외라는 듯 목소리를 흘린 것은 리아라만이 아니라 에리도 마찬가지.

하지만 크로노스는 어디까지나 마이페이스로 계속 이야기했다.

"물론 단순한 싸움이 아니야. 에리, 너는 '불감증'과 '무통증'을 앓고 있잖아? '아픔을 느끼지 않는다', 그렇지?"

"어, 으, 음. ……하지만 이제 와서…… 딱히 그런 건, 필요 없──."

"아니야, 에리. '아픔'도 '쾌감'도 모두, 에리의 것이야. 그것들을 너는 부당하게 빼앗긴 거야. 그러니까 지금 그걸 내가── 네게 '줄게'."

"윽! 으, 으으. 나⋯⋯. 그런 말을 들었더니⋯⋯ 거스를 수가 없어, 어째서⋯⋯?"

에리의 의문은 크로노스 역시도 알 수 있을 리가 없다. 하지만 그녀가 바라야만 하는 것, 그녀에게 '주어야 할' 것은, 이해했다.

건네받은 《용창 트리아나》를 들며 크로노스는 웃음을 띠었다.

"훗, 《용창 트리아나》가 에리를 선택한 건, 내게는 운명으로만 여겨져── 에리, 그리고 여기에 있는 모두는, 이 녀석을 《여신》님이 남긴 창이라고 생각하겠지?"

"어⋯⋯ 크, 크로노스 두목님, 그게 아닌가요?"

아무것도 모르는 피는 솔직한 의문을 꺼냈다. 《여신의 성구》의 정체가 '여신님이 만든 야한 물건'이라는 사실을 아는 리아라나 아테나는 있는 힘껏 눈을 피했지만.

어쨌든 크로노스는 손에 든 용맹한 장창의 정체를, 거리낌 없이 입에 담았다.

"《용창 트리아나》의 정체는──고주파 마사지 기계야. 몸 안쪽에서 막대한 쾌감을 이끌어내고자 만들어진, 《여신》님의 호기심이 이상한 방향으로 튄 결과의 역작이지."

"? 고주파? 쾌감? ⋯⋯잘, 모르겠어⋯⋯."

에리가 성에 둔감한 것은 정말인지, 미처 이해를 못하고 고개를 갸웃거릴 뿐인 듯했다.

대신에 의문을 던진 것은 성장이 무척 두드러지는 리아라였다.

"저기. ……이래저래 하고 싶은 말은 있지만, 일단 하나…… 창 끝, 너무 날카롭지 않나요?《여신》님, 대체 어디에 쓸 생각이었나요?"

"아아. 왜, '몸 안쪽에서'라고 그랬잖아?《여신》님, 고주파를 전혀 이해하지 못했거든. 간단히 말하면, 찔러 넣고 거기서부터 흘려 넣으려고 한 거야. 팔이라면 팔에, 그런 느낌으로. 그래서,『아얏. 절대로 아냐, 이거 아파』라는 사실을 깨닫고는── 평범하게 어깨 같은 곳에 대고 사용하게 되었지. 응, 그래. 최종적으로 마사지 기계의 올바른 사용법에 다다르고 말았을 뿐이야."

크로노스가 설명을 마치자 리아라는 조금 고개를 숙이고는 중얼중얼 말을 흘렸다.

"그렇군요. ……아니, 저는《여신》님을, 세계를 구하신 자비심 깊은 분이라며 존경한다고요? 하지만…… 아니, 이미《신검 아리에스》때부터 조금씩 생각했지만…… 아니, 말은 못 하겠지만 말이죠? 하지만, 조금, 조금이에요."

"바보가 아니냐는 거?"

"말하지 말아요."

리아라치고는 드물게도 단호한 한마디가 복잡한 심경을 드러내는 것 같았다.

하지만 어쨌든《용창 트리아나》의 진실을 밝힌 크로노스는 그대로 에리를 향해 걸어갔다.

"자, 이해하지는 못했더라도 들었겠지, 에리. 지금부터 네게 이《용창 트리아나》를 사용해서 '줄게'── 알겠지?!"

"으. 거, 거스를 수가 없어…… 하지만, 저기. 조금만, 마음의 준비. 를. 저기, 나는──."

"문답무용──! 패배해야겠어, 에리! 그렇다고는 해도, 말이야──!"

기세등등, 덤벼드는 기세로 크로노스가 외친 것은.

"패배는 패배라도── 이 몸의 '쾌락 조교'에 따른 패배지만 말이야! 후하하하핫─!"

"……무, 무서워……."

부들부들 떠는 《용사 공주》는 거친 갑옷을 입고 있어도 가냘픈 토끼 같고.

크로노스는── 반대로 최고의 흥분을 드러내는 것이었다──!

■ ■ ■

《용창 트리아나》의 힘을, 소유자로서 '신탁'을 받은 《공주님》이 깨닫는다면 본래의 능력을 발동하는 것은 크로노스의 의도 그대로.

지금 바야흐로 삑, 삐익, 창끝에서 새된 소리가 들리게 되자.

크로노스는 날 부분을 옆으로 돌려 에리가 다치지 않도록 우선은 오른팔에 대었다.

"자, 에리. 각오를 다지라고── 간다!"

"읏…… 자, 잠깐, 역시 나, 아직 무서…… 앗?!"

에리의 '무통증'과 '불감증'은 후천적임을 크로노스는 꿰뚫어 봤다.

전투 시, 에리는 몇 번인가 회피나 방어를 시도했으니까. 혹시 선천적이었다면 그런 행동 자체를 취하지 못하고 더욱 더 무모하게 돌격했을 것이다.

그 증거로, 에리는 지금──.

"──꺄악?! ……어, 나…… 지, 지금…… 앗."

과연 그녀에게는 얼마만일까. '느끼고' 있는 것이었다.

……하지만 억지로 불러일으킨 '그것'은, 오래 이어지지는 않고.

"어. ……앗, 어째서…… 또 사라져서…… 싫어…… 기, 기다려."

솟구치던 감각이 서서히, 서서히 사라지는 것이리라. 붙잡으려는 듯 오른팔을 왼손으로 잡고서 쥐어뜯으려는 모습은 너무도 슬펐다.

하지만 그것은 징조──확신을 얻은 크로노스는 《용창 트리아나》의 출력을 높이고──!

"간다, 간다간다간다──! 에리───!"

"후에── 꺄, 꺄악, 앗?"

펼쳐진 고주파가 세상에나, 에리가 입고 있던 칠흑의 갑옷을 산산이 부숴버리자.

항상 쿨했던 에리가 어렴풋이 뺨을 물들이고, 속옷뿐인 몸을 양팔로 가리고.

"……저, 저기. 역시나, 그게…… 부끄러워. 보, 보면…… 안 된다고?"

『좋아, 좋아! 그러는 거, 엄청 중요해―!』라며 크로노스, 마음속으로 박수갈채.

하지만 지금 또다시 몸 안쪽에서 감각은 일어나고 있을 터. 고주파를 계속 펼치며, 창의 밑 부분을 땅에 박아서 세우고 크로노스는 뒤로 훌쩍 물러났다.

"간다, 에리! 지금부터는 거칠게 치료할 거야!"

"이미 무척, 거친 치료라고, 생각하는데……?"

"그 여유가 계속되는 동안에는 아직 멀었어! 간다――《마검 크로노스》!"

크로노스가 옷 앞섶을 펼치자 그의 명치에 있는 '문장'에서 칠흑의 검이 출현했다. 그와 동시에 끄집어낸 것은 가지고 있는 모든 《노예 성구》와 《노예 성약》.

"이 몸의 《마검 크로노스》는 《성구》의 힘을 흡수할 수 있지――그건 《여신의 성구》만이 아니라 《노예 성구》와, 그리고 새로이 만들어낸 《노예 성약》도 말이야. 이것들의 성질을 반전시키는 것도 내 능력 중 하나――지만, 허나. 하지만, 그렇지만!"

크로노스는 지금 상당히 흥분해버렸다. 절세의 미녀를 조교 중이니 어쩔 수 없었다. 뭐, 그건 제쳐놓고, 앞으로 꺼낼 것은 정말 터무니없는 이야기라.

"《노예 성구》와 《노예 성약》―― 두 가지 힘을 한데 합치는 거야――!"

《마검 크로노스》에 《노예 성약》을 뿌리자 화악, 검신에서 어둠이 용솟음쳤다.

씨익, 더욱 사나운 미소를 띤 크로노스가 자신의 힘을 풀어놓았다.

"가라──《로터×로퍼》!"

"어. ……어어어?! 크로노스의 배에서 대, 대량의 촉수가─?!"

처음 본 리아라는 놀랐지만, 정확하게는 명치의 '문장'에서 나오는 것이었다.

크로노스와 감각을 공유하는 촉수들이 에리의 팔다리에 감겨들어 구속했다. "꺅" 하고 짧은 비명을 지른 그녀가 흠칫흠칫, 자신에게 감긴 촉수를 바라봤다.

"뭐, 뭐야? 응…… 미끈미끈해?"

"닿아 있는 걸 느끼나? 에리."

"아…… 으, 응. 감각, 있어. 어쩐지…… 신기하지만."

"좋아. 그럼 설명해. 어떻게 느끼는지, 귀여운 입으로 자세하게."

"어, 어? 으음, 그게……."

갑작스러운 요구에 허둥대면서도, 근본적으로 솔직한 성격일 그녀는 진지하게 말하기 시작했다.

"팔이랑 다리, 꽉 붙잡혀 있어. 하지만 아프지 않아. 다만 점액…… 방울져 흐르고…… 미끈미끈. 간지럽나? 그럴까. 응.

"……그리고 이따금 촉수가 부들부들, 진동해서…… 그 부분, 뜨겁게 느껴져서…… 으, 으."

"왜 그래, 에리. 지금 무슨 생각을 하지? 어떻게 느껴? 그것도 설명하는 거야."

"그, 그건, 저기…… 그게, 으음…… 말이지?"

구속되어 움직일 수 없는 상태에서 두리번두리번 시선만 바삐 움직이고.

잠시 후, 뺨을 물들이며 간신히 에리가 꺼낸 한마디는.

"……부, 부끄러워……요."

"좋구나!"

"어, 어어……? ……아, 앙!"

귀여운 대답을 듣고 잔뜩 들뜬 촉수들이 (크로노스의 뜻에 따라) 에리의 몸 여기저기를 기어 다녔다. 정말이지, 괘씸한 촉수들이었다. 정말이지.

하지만 그런 크로노스의 촉수들에게 늘씬하고 아름다운 몸을 유린당하는 에리는, 그 움직임이 요염하다는 자각 따위 없이 몸을 꿈틀대며 작게 야단치는 소리를 냈다.

"응, 으응! 이, 이 녀석. 떨리는 건 안 돼. 착한 아이, 니까…… 얌전히 있어야지? 그래, 그래…… 앗, 아, 안 된, 다니까, 까…… 히양♡ ……앗."

진동하는 촉수가 이끌어낸 교성이, 에리는 부끄러운지 얼굴을 피하며 입술을 꼭 다물었다.

참으로 귀여운, 애처로운 저항이었다. 하지만 이 '조교'의 본질은 참는 것이 아니다. 좀 더 소리를 높여야지, 그러면서 크로노스는 슬며시 힘을 발동했다.

거친 숨결로 참고 견디려는 에리를 덮친 것은.

"하아, 하아…… 후, 우. 조금, 진정하고…… 꺄아악?!"

오늘 가운데 가장 날카로운 비명, 그 발생원인 에리는 자신의 목소리에도 놀란 모양이지만 황급히 시선을 가슴께로 내렸다.

"어, 어? 어, 라…… 지금, 확실히…… 기분, 탓?"

하지만 시선 끝에서 아무것도 볼 수가 없어 당황했으리라.

착각이라고 판단했는지 작게 고개를 내젓고 후우, 열기를 띤 한숨을 내쉬고.

"역시…… 기분 탓이야. 감각, 오랜만이라…… 몸이 착각해 버——렸어, 앙?! 아, 아냐…… 기분 탓이 아냐."

"——후하핫, 바로 그거야!"

그렇다, 크로노스가 몰래 사용한 것은 이것이었다. 보이지 않는 무언가가 에리의 몸을 찌르고 있었다. 이 또한 《노예 성구》와 《노예 성약》의 조합.

"'투명화'한 딜도——《인비저블 딜도》다——!"

"응?! 꺅, 이, 이거…… 뭔가, 딱딱한 거, 닿고…… 있어?! 응——……!"

보이지 않는 이물질이 에리의 몸 곳곳을 찌르고, 그때마다 목소리가 튀었다. 하지만 근본적으로 참을성이 강한 그녀이기에, 그럴 때마다 또다시 목소리를 억누르려고 했다.

바로 그렇기에 그렇게 두지는 않고자 크로노스는.

"자, 이건 일종의 치료 행위야! 시각으로는 포착할 수 없는 '무언가'가 닿는다는 것을 알 수 있기에 '감각'을 되찾았다고 할 수 있지! 그렇지, 에리?!"

"……어? 아, 그…… 그럴지도? 그러려나?"

"그렇다마다! 그러니── 눈에는 보이지 않는, 딱딱하고 커~~~다란 무언가가 어디를 찌르는지, 조금 전이랑 마찬가지로 설명하는 거야!"

이것은 에리가 '불감증'을 극복하기 위하여, 그녀가 말을 하도록 손을 쓴 것이었다. 세상에, 결코 야한 마음은── 세상에, 결코, 결코.

다만 에리는 정말로 사랑스러울 만큼 순수하고, 진지하고, 기특한 절세의 미녀.

"으…… 지금, 등을 찌른…… 앗! 그게…… 엉덩이, 쓰다듬어. 응…… 가슴에도, 모양, 바뀔 만큼 강하게…… 꽉 눌려서, 앗♡ 속옷, 앗, 안에까지♡ 안 돼…… 촉수가, 미끈미끈…… 넓히면, 안 돼애♡"

몸은 진동하는 로퍼에 구속되어 핥듯이 마구 유린당하고, 딜도까지 찌르고. 말로 해설까지, 하게 되었다.

이 '조교'를 보고 에리의 동료들은 어떻게 생각하고 있나──
란이 꺼낸 말은.

"아, 아와와…… 에, 에리 님, 괜찮을까…… 아무리 그래도 좀, 걱정──."

"……부럽네~."

"갈라테아 씨?"

"……좋겠네……."

"피? ……어, 피?!"

뭐, 그러하니 걱정은 필요 없을지도 모른다.

다만 지금 이렇게 에리에게 스스로 말을 시키고 있기에 증폭되는 것도 있었다. 촉감만이 아니라 스스로 꺼낸 말이 청각까지도 자극하여.

닿는 모든 것이, 주어지는 모든 자극이 에리에게 부족했던 것을 자각시키고.

끝내 그 자신이── 마침내 에리에게 다가가서.

"자, 이 녀석으로 끝이야── 에리, 말했지, 나는. 널 내 걸로 만들겠다고. 지금부터, 그 증거를 붙이겠어."

"응, 하아…… 즈, 증거? 아, 으……?"

"그래. 내 것이라는 증거를── 네게 '줄게'."

"! 앗, 앗…… 하아…… 예……."

"<u>으흐흐</u>. 착한 아이야. 그럼──."

그리 말하며 크로노스가 몸을 숙이고── 에리의 탄탄한 배,
그 하복부를 향해.

"스읍────쪼오──옥."
"윽──?! 앗, 아아, 앗──아, 아앗──♡"

한층 강하게, 한층 크게 몸을 젖힌 그녀의 하복부에는── 크
로노스의 '귀여운 노예'라는 증거인 '문장'이 새겨지고.
크로노스가 씨익, 웃으며 물어보자.

"어때──기분 좋지."
"어. ┄┄──?!"

에리는 한 번, 믿을 수 없다는 듯 눈을 크게 떴다.
그대로 크로노스는 가만히 바라봤지만── 그 직후.
눈이 촉촉하게 녹아들고, 마침내 그녀는── '그 한마디'를 입
에 담았다.

"응──── 기분, 좋아♡"

'불감증이었던' 에리가 쾌감에 몸을 떤, 그 순간.
《용창 트리아나》가──태양이 떠오르듯 눈부신 빛을 발했
다──!

■ ■ ■

에리는 지금 모든 것을 이해했다. 모든 기억이 이어졌다.

어떻게 된 경위로, 그가 '그렇게 되었는지'── 노예상이 되었는지, 모른다.

하지만 이것은 착각도 아니고 망상도 아니었다.

에리의 직감이, 사고가, 모든 세포가 가르쳐주었다.

크로노스라는 남자는── 그는 틀림없이.

『어때── 기분 좋지.』

『어때── 맛있지.』

어린 시절의 에리에게 빵과 스프를 '주었던' 소년과 동일인물이었다──!

"──좋아! 이것으로 '불감증'과 '무통증'은 완치됐어! 아무리 나라도 이 이상은 로퍼를 조종할 수 없어. 슬슬 내릴게, 에리?"

크로노스에게서 발생한 로퍼가 스르륵, 그의 '문장'으로 돌아갔다. 절대로 말할 수는 없지만── 아쉬울지도 모르겠다. 절대로 말할 수는 없지만.

어쨌든 해방된 에리는 오랜만에 느낀 '감각'에 지치기는 했지만 아무 일도 없었다는 듯 착지하고── 그리고.

"후우. ……핫!"

캄캄한 '결계' 안, 박아두었던 《용창 트리아나》를 순식간에 손에 들고 준비운동으로 치켜든 다음에 자세를 취했다.

계속 파트너처럼 함께였던 창이 본 적도 없는 빛을 발하고 있었다. 이 또한 크로노스가 에리에게 '준' 변화이리라, 그런 생각을 하며.

에리는 크로노스를 천천히 불러봤다.

"쿠. ……그렇지, 쿠?"

"응? 에리, 그건 날 부르는 건가?"

"응. 쿠…… 그렇게 부르고 싶어. ……안 돼?"

환하게 빛나는 창자루를 안아 들고 조금 불안해하며 에리가 묻자.

크로노스는 곧바로── 히죽 웃으며 말해주었다.

"오, 물론 상관없어! 별명으로 부르고 싶다니, 귀엽네, 에리!"

"! 응…… 고마워, 쿠♡"

웃음이 익숙하지 않은 에리가 어떻게든 입꼬리를 추어올리자──그녀의 동료들이 놀랐다. 실례다.

자, 그건 그것. 에리는 크로노스에게 해야만 하는 말을 입에 담았다.

"쿠. 나한테…… '주어서' 고마워. 쿠는 나를…… 노예로 삼겠다고 했어. 네 것으로 삼아주겠다고. 그건…… 아직 유효해?"

"그래. 유효는 물론, 평생 계약으로 할 예정이야."

"응…… 알았어. 약속이야. 그럼…… 나."

이미 이 마음에 망설임 따윈 없다. 맹세를 말은, 단 하나.

"바치겠어. 내 몸도, 마음도—— 이 창도, 모두——!"

외침과 함께, 환하게 빛나는 《용창》을 가볍게 휘두르자—— 날아가는 것 같은 참격이 '어둠의 결계'의 천장을 갈랐다. 그렇게 할 수 있다고 창이 가르쳐주었으니, 신기했다.

갈린 부분부터 후두둑 결계가 무너져 내리고 햇빛도 비쳐들었다.

그리고 크로노스가 다시, 에리에게 무언가를 건네주었다.

"에리! 네 갑옷은 부서져 버렸으니까—— 하지만 그런 일도 있을까 싶어서, 우리 왕국의 실력 좋은 장인한테 이 녀석을 만들라고 했어. 에리 전용이야—— 받아!"

"! 이건…… 갑옷? ……쿠, 또 너는, 내게…….

'주느냐'며 그만 감동해버렸다.

건넨 갑옷을 받아드는 사이에 리아라, 라고 불렸던 선배 노예가 크로노스에게 이야기했다.

"어, 앗…… 전에 말했던, 목수분한테 만들도록 한 《용사 공주》 양에게 줄 선물이란 게…… 이 갑옷 말이었나요? ……정말로 선물이었군요…….

"그러니까, 그렇다고 했잖아? 정말이지, 날 믿으라고 항상 말하는데."

"아니, 믿고는 있지만 평소의 언동이 말이죠…… 뭐, 이번에는 제대로 좋은 물건이었으니까…… 상관없지만요."

"훗, 그렇지? 이것 참, 그 거칠기만 한 갑옷이랑은 다르니까 말이야. 입어주는 게 기대되네. 으훗훗."

"하아. 아니, 저기 크로노스, 잠깐…… 잠깐만!"

한창 이야기를 나누는 중에도, 에리는 받은 갑옷을 공손히 입고 있었다, 만…… 옷 갈아입는 모습을 빤히 바라보던 크로노스의 오른쪽 눈을 리아라가, 왼쪽 눈을 아테나가 덮었다.

"여성이 옷 갈아입는 걸 빤히 바라보면── 안·된·다·고·요!"

"아, 안 돼요, 크로노스 님…… 틀림없이 부끄러울 테니까…… 참으세요. 알겠죠?"

"으으으으으! 이거 놔아아아! 보고 싶어, 나느으으은! 보고 싶은데에에에!"

그렇게나 보고 싶다면, 크로노스라면 보더라도 딱히…… 그런 기분과.

부끄러운 것도 사실이라 그의 눈을 가려준 여성들을 향한 감사의 마음.

……이런 복잡한 감정도 틀림없이 바로 그가 '준' 것이기에.

과한 생각이려나, 그런 생각을 하며 달칵, 갑옷 쇠장식을 채워 모두 입었다.

"! 와아…… 에리 언니, 잘 어울려요……!"

그렇게 말해주는 피와, 동조하듯 고개를 끄덕이는 란과 갈라테아.

스스로 마련한 거친 칠흑의 갑옷과는 전혀 달랐다. 질 좋은 무쇠는 단단하고, 하지만 가벼웠다.

관절의 가동을 방해하지 않도록 철 대신에 자리 잡은 고무는 어지간한 화살이라면 튕겨낼 수 있지 않을까, 싶을 만큼 탄성도 풍부해서.

노출도는 높지만──하복부의, 그가 '준' 이 '문장'이 보이는 것이 무엇보다도 기뻐서.

"──갈아입는 모습을 못 본 건 아쉽지만, 잘 어울리네! 에리."
"! 쿠…… 응 ♪"

그의 칭찬 한마디에 간단히 기뻐하고 마는 자신이 조금은 부끄러웠지만.

그런 감정을 '느낄 수 있다는' 사실도 역시나 기쁜 것이었다.

그리고 지금, '어둠의 결계'가 완전히 소멸된 것과 함께 크로노스 쪽에서 여성의 목소리가.

『──크로. 발견했어, 감시자. 칭찬해줘, 칭찬해줘.』

"오, 해냈구나, 노노! 착한 아이야!"

『에헤. 그래서 있지, 장소는……──.』

크로노스는 신기한 힘을 가지고 있었다. 멀리 떨어진 누군가와 이야기를 나눌 수 있는 듯했다. 어렴풋이 그런 사실을 알아차린 에리에게 그가 시선을 향하고.

"흠. ──좋─아, 에리! 갑작스럽지만,《용창 트리아나》의 진정한 힘, 보여줘야겠어!《마법 대국 엔테》의 감시자 말인데, 아무래도──."

"응── 괜찮아, 쿠. 표적은…… 저쪽, 이지?"

에리가 환히 빛나는《용창》의 창끝으로 가리킨 것은, 저 멀리에 어렴풋하게만 보이는 살짝 높은 건물. 아마도 탑이리라.

말을 타고 똑바로 향하더라도 도착하려면 한 시간은 더 걸릴 것이다. 하지만 어째서 그곳에 감시자가 있다는 사실을 알았는지, 에리는 심플하게 설명했다.

"이전에 나는 누군가 본다는 건 알아도…… 장소까지는 알지 못했어. 하지만 지금은 아니야──감각이 예민해졌어. 전부, 전부── 이해할 수 있어!"

말을 마치는 것과 동시에, 땅을 디디고 창을 휘두르기 위한 자세를 만들었다.

하지만 리아라는 어째서, 라며 당황한 모양이었다.

"어, 에리 씨? 저기, 대체 뭘…… 아무리 그래도 이런 거리에서는──."

"이것 참, 리아라. 무슨 소리야──《여신의 성구》의 힘이 범상치 않다는 건 너야말로 잘 알 텐데. 큭큭큭."

사나운 미소를 띤 크로노스 역시도 이해하고 있는지, 말을 계속했다.

"《용창 트리아나》── 그 창은 '모든 것은 꿰뚫는 최강의 창'. 그 진실은 '고주파'에 따른 것이야. 하지만 신이라는 존재가 만들어낸 고주파는 그것이 강철이든 금강석이든, 모든 것을 흙처럼 꿰뚫지. 그래, 모든 것을—— 그것은, 거리마저도——!"

그의 말을 들었더니 신기하게 에리도 점점 기분이 고양되었다.

더욱 강하게 에리가 땅을 디디자—— 크로노스는 더욱 드높이 말했다.

"《여신》님이 이르길『궁극의 고주파 블레이드가 되어버렸다』 '모든 것을 꿰뚫는 최강의 창'! 그것이 세계의 정점에 군림하는, 둘도 없는 힘이야——!"

■ ■ ■

《마법 대국 엔테》의 감시자는 '천리안의 마법'으로 탑 위에서 그것을 봤다.

갑자기 나타난 '어둠의 결계'에《용사 공주》와 표적인 노예상 크로노스가 삼켜지고—— 긴 시간이 지난 뒤, 결계가 무너지고 모두 모습을 드러냈다.

아니, 행방불명이었던 갈라테아나 다른 동료들의 모습도 있었다. 노예상 크로노스가 토벌된 기미도 없고,《용사 공주》에리의 경우에는 갑옷이 다른 것으로 바뀌었다.

……설마 노예상에게 '회유'되기라도 했나?

"흐응…… 의심스럽다면 벌을 내려라, 로군. 어리석구나 갈라테아, 수상한 짓은 하지 않도록 하라고 그만큼 입이 닳도록 말해

됐는데. 뭐, 됐다…… 크큭.”

소리 없는 웃음을 흘리며 감시자는 입꼬리에서 유쾌한 목소리를 흘렸다.

“《용국 트리아나》는 이것으로 끝── 모두 빼앗기는 거야! 《마법 대국 엔테》에 영광 있으라! 오─호호호!”

──다시 한번만, 말하겠다.

《마법 대국 엔테》의 감시자는 ‘천리안의 마법’으로── 탑 위에서 그것을 본 것이었다.

“────────어?”

멀리 떨어진 황폐한 들판에서 환하게 빛나는 《용창 트리아나》를 든 지상 최강의 《용사 공주》 에리가.

신속, 절영(絕影)── 그림자마저 따라오지 못할 속도로 창을 휘두르는가 싶더니.

빛이 모든 것을 꿰뚫고── 탑의 상층에서 하층까지, 송두리째 날려버렸다──!

“히, 야, 아──아, 안 돼애애애애애애앳?!”

탑의 정상에 있던 감시자는 손쓸 도리도 없이 떨어질 수밖에 없었다…… 다만 마지막에 어디선지 모르게 뻗어 나온, 무수한 밧줄에 휘감겨서.

“안 돼애…… 끄에─엑?!”

묶이고 그대로 끌려간 곳에서 갈색 피부의 소녀가 툭 하니 한마디.

"《용창 트리아나》와, 지상 최강의 《용사 공주》…… 역시, 지독하네. 동정할게."

"……그, 그건…… 고맙네…… 풀썩."

감시자가 정신을 잃자 갈색 피부의 소녀는 이것 참, 그러면서 한숨을 내쉬었다.

■ ■ ■

《용창 트리아나》를 든 에리가 하늘에 자리 잡은 태양을 바라봤다.

감시자의 눈도 사라지고── 이것으로 일단은 끝이 났을까.

천천히 시선을 내린 에리가 바라보는 곳에는.

"크로노스 님…… 수고하셨어요. 이번에도 무사하셔서서…… 다행이에요♪"

"크로, 다녀왔어─. 감시자, 잡아 왔어. 칭찬, 칭찬해줘♪"

크로노스를 치하하는 아테나와 칭찬을 원하는 노노. 게다가 눈부실 정도의 미소녀, 리아라도 그를 향해 미소 지었다.

"크로노스. ……후훗♪ 방법은 터무니없어도…… 마지막에는 이렇게 구해버리는 게 크로노스네요. 어쩔 수 없다니까요♪."

그녀가 미소 지을 때의 크로노스는, 어쩐지 모르게 부끄러워하는 것처럼도 보였다.

노예상 크로노스와 그의 '귀여운 노예'들—— 그들의 친밀한 모습을, 에리는 멀찍이서 바라보고 있었다.

그런 자신을, 무언가 헤아렸을까. 란, 피, 갈라테아도 바라봤다.

걱정스럽게 말을 건넨 것은 가장 오래 알고 지낸 갈라테아였다.

"⋯⋯에리, 너는 안 가는 거야~?"

"⋯⋯응⋯⋯ 나는⋯⋯."

가도 될까. 한 번은 적대하고 창을 들이댄 자신이.

에리는 전장에서는 무서울 것이 없었다—— 하지만 지금은 어떻게 된 것일까.

혹시 크로노스가 부정한다면. 거부한다면. 무섭고 무서워서, 어쩔 수 없는 것이었다.

무서운 것투성이라 망설이는⋯⋯ 그런 에리에게, 하지만 크로노스는.

"이봐—, 어째서 멀리서 보고 있어? 나는 너도 귀여워해주고 싶어. 자, 다른 사람도 같이 이쪽으로 오라고, 에리~?

"아. ⋯⋯으, 응! 바로 갈게, 쿠."

에리의 공포 따위 전혀 모르는 듯 무사태평한 목소리로 불렀다.

그리고 에리가 쭈뼛쭈뼛, 그의 곁으로 달려가자.

"으흐흐. 잘 왔구나, 잘했어—— 그~래그래!"

"아, 꺅⋯⋯ 저, 정말이지, 쿠. 머리카락, 엉망이 되어버려. ⋯⋯후, 후홋."

무서워한 것이 어쩐지 바보 같이 느껴졌다. 쓰다듬는 손길에 머리가 엉망이 되는 것도 기분 좋아서——그렇다, '기분 좋아서'.

'나…… 또 『받아버렸어』. 잃었던 감각도…… 이 갑옷도, 『문장』도. 틀림없이, 다른 아이들도. 그날의…… 빵과 스프도.'

크로노스가 과거에 에리에게 '주었던' 소년이라는 것은 이해했다.

하지만 에리는 마음속으로 맹세했다. 그 사실을 그에게 말하지는 않겠다, 밝히지는 않겠다고.

옛날에 만난 사실 따윈 그도 틀림없이 잊고 있을 터.

밝히지 않는다는 것은 그저 자기만족. 그런 건 알고 있다.

하지만 이미 충분하지 않나. 그와 또다시 만날 수 있었다. 또, 주었다.

무엇보다 앞으로는 그와── 함께 있을 수 있다.

그것만으로 충분했다. 그의 곁에서 이 목숨을 바칠 수 있다, 다 할 수 있다, 그것만으로.

에리는 너무도 충분할 만큼── 행복했으니까.

그런 생각을 하던 에리를 아직껏 계속 쓰다듬는 크로노스가 고개를 갸웃거렸다.

"으랴으랴. 응? 왜 그래, 에리. 어째 웃는 것처럼 보이는데─?"

"아으아으. 어, 아니……. 아무것도 아냐. 아무것도 아니야, 쿠. 단지, 그게…… 기분이 좋아서."

"오─, 그런가? 그건 잘됐네. 후하하, 이제까지 '불감증'이었던 만큼, 잔~뜩 기분 좋게 해줘야겠어. 아직 더더욱 잔뜩 '줄' 테니까!"

"! 아······ 으, 응······ 응. ······응······!"

크로노스가 '줄' 때마다 에리는.

어쩐지 가슴이 가득해졌다. 행복이 넘쳐서 더는 멈추지 않았다.

그리고 눈을 가늘게 뜬 에리에게── 크로노스는 한마디.

"──빵이랑 스프만이 아니니까, 말이지?"

"────!!"

바보 같다──아아, 정말로, 정말로 바보 같다──

밝히지 않겠다고 마음속으로 맹세하다니──정말로 바보 같은, 의미 없는 맹세였다.

그게, 그는 전혀 잊지 않았다. 기억해주었다.

그 어린 날, 단 한 순간 만났던, 누구도 돌아보지 않는 초라한 소녀를.

아직 《공주님》조차 아니었던, 그냥, 그냥── '에리'를.

그는 대체 얼마나 자신에게 줄 생각일까.

무엇 하나 갚지 않는다니, 그런 건 절대로 싫으니까.

적어도 확실한 것만큼은 전하고 싶다.

"쿠."

틀림없이 이제부터 보여줄 에리의 표정은 전혀 어색하지 않으리라.

그게, 이렇게나 순수한 마음이 자연스럽게 넘쳐 나오니까.

돌아보고 웃어주는 크로노스에게, 에리가 보여준 것은.

"고마워————정말 좋아해♡"

틀림없이 누구보다도 행복을 '느끼고 있는'————진짜 미소일 터였다.

크로노스는 《용사 공주》 에리를 시작으로 그녀의 파티를 함락, 그녀들을 《노예 왕국 크로노스》로 다시금 불러들였다.

크로노스가 사는 저택의 응접실에서, 지금 막 들어온 에리가 이야기했다.

"쿠. 방을 줘서…… 고마워. 나만이 아니라 란이랑 피, 갈레테아의 방까지. 지금은 루아가 모두를 안내해주고 있어. 정말…… 아무리 감사해도 모자랄 정도야."

에리의 표정은 이제는 무척 차분해서. 또다시 '불감증'이 되어버린 것은 아닐 테지만, 고개를 갸웃거리는 그녀에게 시험 삼아 물어보기로 했다.

"에리. ──1+1은?"

"? 2?"

"Oh. 엄청 어색한 미소."

뭐, 그건 그것대로 귀엽지만, 어떻게든 또다시 그 미소를 끌어내고 싶었다.

그렇지만 에리와도 앞으로는 계속 함께할 테니 기회는 몇 번이든 있겠지.

자, 그런 이상한 대화를 나누는 동안에, 리아라가 무어라 신음하고 있었다.

"음── …… 크로노스는 에리 씨와 면식이 있었던 거죠? 에리 씨한테 들었는데. 《용국》에 대해서도 꽤 잘 알았고…… 음──."

"응? 리아라, 왜 그래?"

그리 묻자, 생각에 잠겨 있던 리아라가 고개를 들고 물었다.

"크로노스, 혹시 당신은──《용국 트리아나》의 관계자라든지──."

"아니, 전혀 아니야. 들른 적이 있을 뿐이지 산 적조차 없어."

"어, 앗. 그……그렇군요? 으으?"

너무나도 즉답이었던 탓인지 반대로 리아라가 곤혹스러운 모양이었다.

아무래도 크로노스의 정체가 신경 쓰이는 모양이지만, 하지만 크로노스는 대답할 생각은 없었다.

"왜냐면── 미스테리어스한 면도 있는 편이, 남자는 매력적이니까 말이야! 후하하─!"

"응응, 크로, 멋있어♪ 야옹야옹."

"노노, 내 무릎 위가 마음에 들었구나. 귀엽긴 하지만."

크로노스도 자기가 마이페이스라고 자부하지만 노노는 그 이상이려나, 생각했다.

뭐, 어쨌든 《용사 공주》 에리를 함락시키고 이것으로 대단원──을 내릴 수는 없었다.

"자, 그럼── 앞으로가 큰일이네."

"으으…… 으? 어, 크로노스…… 앞으로라니?"

가볍게 머리를 부여잡고 있던 리아라가, 크로노스가 흘린 말에 반응했다.

반면에 크로노스는 노노를 무릎 위에서 내리며 조금 어이없다는 분위기를 섞어 대답했다.

"하아, 이것 참. 너무 태평하다고, 리아라── 햇살 아래서 흔들리는 요정이냐. 달콤한 꿀이라도 빨게 해줄까, 어─엉?"

"아니, 그러니까 일일이 칭찬…… 칭찬인가요, 이거?! ……그, 그런 것보다. 앞으로가 큰일이라니, 무슨 뜻이냐고요!"

다시금 질문하는 리아라에게, 크로노스도 다시금 진지하게 대답했다.

"《마법 대국 엔테》 말이야. 지상 최강의 《용사 공주》와 일행에게 의뢰를 하면서까지, 어째서 굳이 《여신마저 포기한 땅》에 있는 나를 노리려고 했느냐는 이야기."

"어? 그건…… 크로노스가 《여신》님께서 금지하는 노예상이니까 토벌하려고 했다, 그런 게 아닌가요? 어떻게 거처까지 알았는지는 모르겠지만……."

"하하, 그런 자선사업에 나설 법한 나라가 아니라고, 《마법 대국》은 꽤나 음험한 나라니까 말이지. 뭐, 대충 짐작은 가지만── 에리, 알겠어?"

의뢰를 받은 본인에게 물어보니, 본래의 쿨한 분위기를 되찾은 그녀는 고개를 끄덕이며 자세하게 대답했다.

"알아. 《마법 대국》에서 받은 의뢰는, '악한 노예상 크로노스의 토벌'──이지만, 나한테는 다른 의도가 보였어. 틀림없이 갈라테아도 알아차렸을 거야. 노예상의 토벌이라는 표면상의 목적에 감추어…… 또 한 사람, 반드시 토벌하라고 그랬으니까."

또 한 사람── 아마도 그 인물이야말로 《마법 대국 엔테》의 진짜 목적.

그 이름을 에리는 냉정하며 간결하게 말했다.

"또 한 사람, 그 사람의 이름은── 아테나 밀리건 이클립스."

그 순간──쨍그랑, 찻잔이 바닥으로 떨어져 산산이 깨졌다.

그곳에 있던 것은 모두에게 홍차를 타주던, 다름 아닌 아테나 본인.

다만 그녀의 표정은 새파랗고 호흡도 거칠어지고 말았다.

"읏, 으, 아…… 하, 아…… 하아, 하아…… 으, 윽……!"

"! 아, 아테나 씨, 괜찮으세──꺅? 크, 크로노스."

리아라가 달려가기도 전에, 크로노스는 의자에서 튀어나와 아테나를 끌어안았다.

자신과 가까울 만큼 키가 큰 그녀의 뒤통수에 손을 대고 다정하게 쓰다듬으며 말을 건넸다.

"아테나, 괜찮아, 괜찮아. 내가 있어. 이 몸의 귀여운 네게 손을 대게 두지 않아. 안심해, 아테나. 이제까지처럼── 내가, 지켜줄게."

"읏, 읏. 하, 아…… 응. 하아, 하아. ……크로노스 님…… 예, 예에……."

안은 채로 등을 쓰다듬어주는 사이, 호흡이 진정되었다.

크로노스에게서 조금만 몸을 뗀 아테나가, 하지만 손만은 붙잡은 채로.

물론 뿌리치는 박정한 짓은 하지 않았더니, 아테나가 리아라에게 말했다.

 "리아라 양…… 걱정 끼쳐서, 미안해. 하지만 이번 일은……. 내 탓인가 봐. 그것도…… 미안, 해요——."

 "——아뇨, 아니에요!"

 "꺅? 어…… 리, 리아라 양?"

 크로노스 못지않은 즉답에 눈을 동그랗게 뜨는 아테나.

 리아라의 기세는 멈추지 않고, 아테나를 성실하게 배려했다.

 "저로서는, 사정은 몰라요…… 하지만! 아테나 씨 때문이라니, 절대로, 아니에요! 사과하지 말아요, 아테나 씨. 크로노스만이 아니고, 다른 사람들만도 아니고—— 저도! 무슨 일이 있어도 아테나 씨와 한편이에요!"

 "! ……리, 리아라 양……."

 리아라와 손을 맞잡고 눈물을 글썽이는 아테나.

 역시 두 사람 역시도 절세의 미녀. 그런 그녀들의 아름다운 모습에 크로노스는 크게 고개를 끄덕였다.

 "바로 그거야! 아테나에게 잘못 따윈 무엇 하나 없어. 말했잖아, 《마법 대국》은 음험하다고. 그 역겨운 나라는—— 아테나를 쫓아냈거든."

 "……어?! 그럼 아테나 씨는 《마법 대국 엔테》 출신……인데, 쫓아냈다니 어떻게 된 건가요?! 아테나 씨가 뭘 했다고……!"

 "아무것도 안 했어. 아무것도 말이야. 다만 아테나는——."

 말을 꺼내기 전에, 크로노스는 아테나와 한 번 시선을 마주쳤다. 그러자 그녀는 얼른 작게 고개를 끄덕였다.

"……괜찮아요, 크로노스 님…… 제가 있을 곳은…… 이제 여기에 있으니까요. 크로노스 님께서…… 제게, 주셨으니까."

"──그래, 알았어. 고마워── 아테나."

짧게 인사를 하자 "저야말로"라며 웃음으로 답하는 아테나.

그것을 확인한 뒤, 크로노스는── 리아라에게 진실을 밝혔다.

"아테나는, '신탁'을 받은 《마법 대국 엔테》의── 《공주님》이니까──!"

그것은 틀림없는, 순전한 사실. 하지만 리아라는 놀라며 반론했다.

"세, 세상에…… 정말 이상한 이야기에요! 《공주님》이라면 더더욱 아테나 씨는 정중하게 대우를 받는 게 당연한데…… 어, 어째서?!"

"아테나가 《공주님》이어서는 영 좋지 않다고 생각하는 녀석이 있겠지. 자신의 권력이 위협당하니까, 라든지. 그러니까 음험한 거야."

"……세상에, 세상에…… 용서 못 해요…… 절대로 용서 못 해요!"

리아라의 분노는 지당했다. 크로노스도 크게 공감했다.

하지만 잠자코 있을 리가 없다고, 그러면서 크로노스는 계속 이야기했다.

"바로 그러니까 앞으로가 큰일이라고 했어. 여하튼《마법 대국》의 감시자도 꽁꽁 묶어서 붙잡았으니까. 정기 연락이 끊어지면《마법 대국》에도 이상이 발생했다는 사실이 전해져. 가만히 놔두면《용국 트리아나》도 위험하겠지."

《용국》에도 이야기가 다다르자《공주님》인 에리도 잠자코 있을 수는 없었는지──!

"어─…… 응. 나도 가능하다면 돕고 싶을……지도? 란이랑, 피랑, 갈라테아의 고향이니까. 아, 일단 나도《공주님》이고."

"어, 응. 어쩐지 가볍지만, 에리로서는 아무래도 크게 상관없는 건가?"

"의리 정도는 다하겠지만. 하지만…… 내가 있을 곳은 아테나랑 마찬가지로…… 쿠 옆이, 좋아. ……안 될까?"

"그런 귀여운 소리를 하는데 안 된다고 할 수 있겠냐고. 이리 와, 내 가슴으로 뛰어들어. 나라 따윈 버리고, 나한테 와!"

"그래. …………고마워, 쿠♪"

끌어내기를 바랐던 미소, 지금 한순간 보인 것 같았다──!

자, 어쨌든. 누군가 아테나도 노리는 현재 상황, 내버려둘 생각은 전혀 없었다.

아테나의 표정에도 아직 불안이 배어 있었다.

'이 몸의 귀여운 노예'가 이런 표정을 짓게 만든다니, 크로노스가 용서할 리도 없어서.

"《마법 대국》이 어쩌고, 알 게 뭐야── 이 몸의, 소중하고 소중한 귀여운 노예에게 손을 데려는 수작이라면. 그 녀석들 모두, 완전히 함락시켜야 할, 그냥 적이야."

"! ……크로노스!"

"크로노스 님……."

리아라가 고개를 들어 아테나를 바라봤다.

그런 두 사람의 머리를 한 번 쓰다듬은 뒤, 크로노스는 손을 주먹 쥐고.

"올 테면 와봐라,《마법 대국 엔테》── 그때는 후회할 때까지, 완전히 함락시켜줄 테니까 말이야! 후하하하하핫─!"

아테나는 반드시 지켜내겠다고── 크로노스는 크게 웃어 보였다.

   ■ ■ ■

자, 아테나를 지키는 것은 당연하지만 그를 위한 수단이 많아서 곤란할 일은 없었다.

그런 이유로, 크로노스는 지금 양초에 불을 붙인 어스름한 자기 방으로 아테나를 불렀다.

"크크크, 아테나.《마법 대국 엔테》가 널 노리고 있다는 사실이 판명된 지금── 스스로를 지키기 위해 '문장'에 힘을 싣고자 조교를 해야만 하겠지. 각오는 됐을까?"

스스로도 악역 같구나, 그런 생각이 없지도 않은 말을 던지자 바로 그 아테나는.

"아, 아으…… 뭐든, 괜찮으니까…… 크로노스 님과 닿고 싶어요…… 돌보든 봉사를 하든, 뭐든 할게요…… 부탁이니까…… 하게 해주세요……♡"

"기다려. 기다리라고, 아테나─. 매력적인 애원이지만 조교니까, 이거. 참는 것도 중요해."

"으, 으으~…… 큐웅……."

시무룩, 침울해하는 아테나, 풀 죽은 강아지 꼬리의 환각이 보일 정도였다.

하지만 크로노스의 말대로, 이것은 '조교'. 마음에 악마를 깃들여 《노예 성약》을 자신에게 뿌린 크로노스가 자신의 '문장'에서 해방한 것은.

미끈미끈한 대량의 촉수── 그렇다, '로퍼'였다──!

"자, 이 녀석으로 온몸을 빠짐없이, 잔뜩 귀여워해주지!"

"어…… 꺄, 꺄악?! 아, 아앙…… 응♡"

크로노스의 의사에 따라 자유자재로 조작할 수 있고 감각까지도 통하는 촉수들이, 순식간에 아테나를 구속하고 세상에 둘도 없을 발군의 몸매를 핥듯이 움직였다.

"후후후, 꽤 마음에 든다고, 이건. 마치 손이 단숨에 늘어난 것 같아── 이거라면 내 귀여운 노예를 단숨에 귀여워해 줄 수 있다는 거야! 후하핫─!"

미끈미끈한 액체에는 로션 성분도 포함해뒀다. 옷 안쪽까지 파고들어 종횡무진 바르자 아테나의 온몸은 이미 불이 붙어버렸다.

쾌감을 얻지 못할 리가 없다. 그럴 리가 없다……만, 아테나는.

"읏♡ ……으~. 이 촉수도…… 크로노스 님이라는 걸, 알아요. 하지만…… 저, 저는…… 저, 는……."

소극적인 아테나가, 촉수가 온몸을 쓰다듬는 가운데도── 또렷이 입에 담은 한마디는.

"크로노스 님의 손으로 직접── 쓰다듬어주셨으면, 해요."

"──!! …………."

그 말을 듣고 크로노스는 로퍼를 조작하여 아테나를 구속한 채로.

뜨거운 눈빛으로 계속 바라보는, 그런 그녀의 홍조 띤 뺨으로.

"아테나, 너는 정말로 귀여운 아이야── 그래그래."

"읏──! ……읏, 읏…… 응♡"

양손으로 얼굴 전체, '문장'에 따라 눈가도 다정하게, 사랑스럽게 계속 쓰다듬어주자.

부들, 아테나가 몸을 떨고 황홀하게 녹아내리는 표정으로 뜨거운 숨결을 흘리며.

"──예♡"

크로노스를 향하여, 정말로, 무엇보다도── 행복해 보이는 미소를 띠었다.

청순파 페티시즘 작가의 맑고 올바른 노예 조교 이야기 제2권, 발매하여 보내드립니다!

처음부터 업이 깊은 모습으로 넘치지만 오늘도 기운 가득, 하츠미 요이치입니다.

이렇게 독자 여러분과 재회할 수 있다는 기쁨에, 1권과 마찬가지로 이상하게 들뜨는 것도 무리가 아니겠지요. 여전히 면목 없지만 우선은 감사를 전하게 해주시길.

독자 여러분, 『최강 노예상의 낙인 마법과 미소녀 함락』의 제2권을 손에 들어주시어…… 정말로 감사합니다―!

자, 본 작품이 사랑과 꿈과 희망으로 가득하다는 것은 아시는 바겠지만…… 귀여운 노예를 모아서 하렘 왕국을 만드는 것은 사랑과 꿈과 희망 때문, 이겠지요?

(※해석이라는 것은 페티시즘에 따라 크게 달라지는 경우가 있습니다.)

제2권에서는 최강 노예상 크로노스의 '노예 하렘 왕국'에 들어서서 더더욱 파워 업한 조교를 보여드릴 수 있었습니다.

'여신 장비'라는 이름의 코스프레로는 노예들의 새로운 매력을 개척하였습니다.

스탠더드한 메이드, 간호사 옷, 바니걸…… 그렇지, 하츠미는 귀여운 히로인들의 다양한 모습을 보기 위해 살아온 거야……! (

인생이란 대체)

　게다가 2권부터 등장한 《노예 성약》 덕분에 새로운 조교 메뉴가 추가되었습니다. 앞으로는 촉수나 투명화 등, 변화구도 사용하여 진행할 수 있다는 것…… 어?

　딜도랑 로터 등 어른의 장난감은 변화구가 아니었나……?

　하하하하하. (웃음으로 얼버무린다.)

　자잘한 일은 괜찮습니다. 하츠미는, 하츠미는…… 귀여운 노예들을 온갖 수단으로 '미소녀 함락'시키고 싶은 거라고―! (최, 최악이다아!)

　하지만 이 새로운 조교, 세상에나 《노예 성구》×《노예 성약》이라는 형태로 조합하는 것이 가능합니다.

　이번에 등장한 《로터×로버》만이 아니라 아직 보지 못한 다양한 조합도 가능. 그 가능성은 무한대. 그렇다, 조교란―― 우주인 것이다――!

　(페티시즘으로 열기가 폭주를 일으켰을 뿐이니 따듯하게 지켜봐주세요★)

　페티시즘은 끝이 없고…… 그렇기에 재미있는 것.

　하늘에 반짝이는 별들처럼 무수히 존재하는 페티시즘을 앞으로도 계속 좇아가고자 합니다.

　부디 앞으로도 최강 노예상 크로노스가 펼치는 조교의 길을 따듯한 눈빛으로 지켜봐주신다면…… 이보다 더한 기쁨은 없을 것입니다.

(무언가 그럴싸한 소리를 하지만, 페티시즘의 욕망으로 오염되었으니까요!)

하지만 이렇게 폭주하는 기미인 페티시즘에 kakao 님은 이번에도 최고의 일러스트로 응해주셨습니다. 1권 때도 그러했지만 상상을 간단히 뛰어넘는 귀여움과 색기로 넘치는 미려한 일러스트를 그려주시어 항상 놀라고 있습니다.

이번에도 가슴을 펴고 말할 수 있습니다…… kakao 님께서 그린 히로인들의 일러스트는, 하츠미의 온몸에서 혈액을 모조리 빼앗아갔다고—?! (살아갈 수 있을까.)

새 히로인인《용사 공주》에리를 포함한 '미소녀 기사단'도, 최강 노예상 크로노스에게 함락되어 노예 동료가 되었습니다.

이 아이들 또한 kakao 님의 솜씨로 귀여움을 충분히 발휘하고 있습니다. 으윽! 세계가…… 페티시즘의 세계가 점점 넓어진다……! (?)

새 히로인도 추가되고 광대한 새로운 조교를 보여주며, 『최강 노예상의 낙인 마법과 미소녀 함락』은 점점 진화하고 있습니다.

자중이라는 말이 빛의 속도로 멀어지는 본 작품을, 부디 앞으로도 잘 부탁드립니다!

매번매번, 끈질길 만큼 면목이 없습니다만, 마지막으로 다시 한 번, 독자 여러분께 감사의 말씀을 보내도록 해주시길.

제2권을 손에 들어주시어, 정말로…… 감사합니다!

자중 제로로 돌진하는『최강 노예상의 낙인 마법과 미소녀 함락』, 앞으로도 부디 함께 '미소녀 함락'을 즐겨주신다면 다행입니다. 후히히★ (불온)

하츠미 요이치

역자 후기

안녕하십니까.
본 작품의 번역을 맡은 역자입니다.

촉수물…… 좋아하시나요?

──시작부터 이상한 말씀부터 드려서 죄송합니다. 하지만 저는 썩 그런 취향이 없습니다. 솔직히 부담스러워요. 물론 애초에 '촉수물이 뭐예요?'라고 의아해하실 분도 계실 테니, 그런 분들보다는 폭이 넓을지도 모르겠지만요.

여전히 수위는 끝을 모르고 올라갑니다. 무섭네요. 막상 묘사 자체를 강하게 하는 건 아니지만, 으음……. 관련된 정보는 모르는 척하고 싶습니다. 어, 몰라요 몰라. 그런 거 본 적도 들은 적도 없어요. 예, 그런 겁니다. 독자 여러분도 그러시죠? 하. 하. 하.

서두의 날개 페이지에서도 잠깐 말씀을 드렸는데, 번역을 하며 음악을 즐겨 듣습니다. 최대한 작품의 분위기에 맞는 곡, 아니면 집중이 잘 되는 곡을 찾아서 듣습니다만──이 작품의 경우에는 어떤 음악을 들으면 좋을지 종잡을 수가 없네요. 뭔가 맞는 음악이 없을까요? 조용하게 번역하려니 아무래도 기운이 나질 않습니다. 음악, 음악이 필요해…….

그럼 다음 권에서 또 뵙기를 바라며 이만 마치겠습니다.

SAIKYO DOREISHO NO RAKUIN MAJUTSU TO BISHOJO OTOSHI 2
©Youichi Hatsumi, kakao 2019
First published in Japan in 2019 by KADOKAWA CORPORATION, Tokyo.
Korean translation rights arranged with KADOKAWA CORPORATION, Tokyo.

최강 노예상의 낙인 마법과 미소녀 함락 2

2020년 2월 7일 1판 1쇄 인쇄
2020년 2월 14일 1판 1쇄 발행

저　　　자 하츠미 요이치
일 러 스 트 kakao
옮 긴 이 손종근
발 행 인 유재옥
본 부 장 조병권
담당편집 정영길
편 집 1 팀 정영길, 김민지, 조찬희
편 집 2 팀 김다솜, 이본느
편 집 3 팀 박상섭, 김효연, 임미나, 김하람
미　　　술 강혜린, 박은정
라이츠담당 박선희, 김슬비
디 지 털 전준호, 박지혜, 이성호
발 행 처 ㈜소미미디어
인쇄제작처 코리아피앤피
등　　　록 제2015-000008호
주　　　소 서울 마포구 토정로 222, 403호(신수동, 한국출판콘텐츠센터)
판　　　매 ㈜소미미디어
마 케 팅 한민지 한주원
물　　　류 허석용 최태욱
전　　　화 편집부 (070)4164-3962, 3963　기획실 (02)567-3388
　　　　　　판매 및 마케팅 (070)4165-6888, Fax (02)322-7665

ISBN 979-11-6507-309-1 04830
ISBN 979-11-6507-032-8(세트)